BASTEI LÜBBE

Barbara Kayser

Anna
und ihre Kinder

BASTEI
LÜBBE

BASTEI-LÜBBE-TASCHENBUCH
Band 11 191

Erstveröffentlichung

Printed in West Germany, Januar 1988
Einbandgestaltung: Manfred Peters
Titelbild: Artreference
Satz: Typo Schröder, Dernbach
Druck und Bindung: Ebner Ulm
ISBN 3-404-11191-5

1

Anna fand das Schulheft unter einem Berg von Hakenkreuzfahnen. Gleich am ersten Tag, nachdem sie in das Flüchtlingslager eingewiesen worden waren.

Es gab zahllose Flüchtlinge nach dem verlorenen Krieg. Auch Anna und ihre drei Kinder waren Flüchtlinge. Sie waren aus Ostpreußen gekommen, aus Königsberg.

Anna hatte nicht nur Heimat und Besitz verloren, sondern – was ihr nun noch wichtiger erschien – auch Ansehen und Sicherheit, die ihr durch die Stellung ihres Mannes zugewachsen waren. Martin war aktiver Sanitätsoffizier gewesen. Der erste Tag im Flüchtlingslager war schlimm.

Wenn Anna später darauf zurückblickte, dann wunderte sie sich, daß sie damals nicht allen Mut verloren hatte.

Das Flüchtlingslager war häßlich. Daran änderte auch die schöne Landschaft mit den prächtigen Bergen nichts. Die kasernenartige Anlage in einem parkähnlichen Gelände hatte während des Krieges als Seuchenlazarett gedient. Und der Raum, den man ihnen zuwies, erschien Anna trostlos. Es standen vier Soldatenbetten mit muffig riechenden Seegrasmatratzen und grauen Pferdedecken darin. Keine Kopfkissen. Zwei Wehrmachtspinde. Kein fließendes Wasser. Blechschüssel und Eimer als Waschgelegenheit. Keine Gardinen, keine Fensterläden, die Wände mit grünlicher Leimfarbe gestrichen, nackte Glühbirnen baumelten von der Decke, das Linoleum des Fußbodens war verwaschen und an manchen Stellen durchlöchert.

Aber es war wenigstens hell – vier deckenhohe schmale Fenster gaben dem Raum viel Licht.

Unwillkürlich mußte Anna an ihr Haus in Königsberg denken, im Aschmannpark, an die alten wertvollen Möbel, die Teppiche, Bilder, an die vielen schönen Zimmer. Aber sie gab sich der sinnlosen Erinnerung nicht lange hin, sondern beschloß auf der Stelle, ihren Kindern irgendwie ein gemütliches Heim zu schaffen.

Sie brachten ihre Habseligkeiten unter und gingen dann in die Stadt. Bad Reichenhall, ein hübscher Kurort, schien der Krieg fast gänzlich verschont zu haben. Keine zerstörten Häuser, keine Elendsgestalten. Die Menschen, die ihnen begegneten, waren friedliche gutgenährte Bürger. Die Sonne schien vom blauen Himmel, ringsum ragten die Berge empor. Es war schön.

Sie schlenderten durch die Straßen.

Plötzlich blieb Anna stehen und deutete auf ein Schild. »Kinder!« rief sie. »Ein Lichtblick! Dr. Michel, Hals-, Nasen- und Ohrenarzt steht da. Dr. Michel ist ein Kollege eures Vaters. Sie haben zusammen in Würzburg studiert und an derselben Klinik ihren Facharzt gemacht. Ich kenne ihn auch aus jener Zeit. Gleich am ersten Tag treffen wir Dr. Michel! Ist das nicht ein Glück?«

Anna drückte auf die Schelle. Und dann warteten sie gespannt.

Langsame Schritte näherten sich von innen, die Tür wurde geöffnet. Dr. Michel erschien, er trug einen weißen Kittel und hatte den Ohrenspiegel zurückgeklappt über der Stirn.

Anna hätte ihn umarmen mögen. »Doktor Michel! So sieht man sich wieder...« Sie strahlte ihn an.

Er erkannte Anna sofort. Er lächelte überrascht, sah auf die drei Kinder und fragte zögernd: »Wo wohnen Sie, gnädige Frau?«

»Im Flüchtlingslager. Seit heute.« Annas Freude war schon erloschen. Sie glaubte Abwehr bei Dr. Michel zu spüren. Sie betraten den Vorraum. Er ließ die Tür zur Straße offen.

»So, das sind also Martins Kinder«, sagte er. »Wie alt sind sie?« »Katharina ist vierzehn, Tobias zwölf, und Berthold wird im Dezember zehn«, zählte Anna auf.

»Gott sei Dank habe ich keine Kinder«, sagte er. »In dieser verfluchten Zeit noch Kinder? Nein, danke!« Dann schimpfte er auf den Krieg, auf das Militär, auf die Nazis, auf die hohen Offiziere. »...die haben lange genug gut gelegt und die feinen Herren gespielt...« Er bat Anna nicht näher zu treten, bot ihr nicht einmal einen Stuhl an.

Anna verabschiedete sich rasch. Sie schämte sich vor ihren Kindern, die stumm dem Gespräch zugehört hatten.

Auf der Straße sagte Berthold empört: »Der war aber gar nicht nett! Ein Freund von Vati soll der sein? Und wie er dich behandelt hat, Mutti! Als ob wir Bettler wären!«

»Er hatte wohl Angst, wir suchten bei ihm eine Bleibe«, sagte Anna. »Wir wollen nicht mehr an ihn denken.«

Sie gingen weiter und kamen in die Altstadt. Dort war eine Müllhalde.

Anna entdeckte eine große Sprungfedermatratze mit Holzrahmen, einen verdreckten Teppich mit Orientmuster, dicke Bastmatten, die wohl zur Verpackung von Feigen gedient hatten, die es damals zum ersten Mal nach dem Krieg in Deutschland wieder zu kaufen gab.

»Ich besorge einen Leiterwagen!« erklärte Katharina tatendurstig. »Neben dem Lager ist eine Gärtnerei. Die leihen uns bestimmt einen.« Und schon lief sie davon, um kurz darauf mit einem großen Leiterwagen wiederzukommen.

»Dürfen wir die Sachen denn einfach so mitnehmen, Mutti?« fragte Tobias besorgt. »Ist das erlaubt?«

»Wir können die Sachen doch gut gebrauchen«, sagte Berthold, »und hier liegen sie bloß rum. Wir nehmen sie uns und fertig.«

Gemeinsam luden sie die Sachen auf und machten sich auf den Heimweg. Vor einer Kaserne fanden sie noch blaukarierte Bettwäsche, einen Fußball, ein Schlauchboot, einen Haufen Hakenkreuzfahnen, und unter den Fahnen lag das Schulheft. Es hatte Wasserflecken, die Seiten wellten sich ein wenig, und es war auch angeschmutzt, aber sonst war es tadellos mit festem blauem Deckel und weißen leeren Seiten, ein dickes Heft.

Anna strich glättend über das Papier. »Das behalte ich.«

Als sie ihre Schätze schließlich ins Lager gebracht hatten, sagte Katharina: »So, jetzt wird gearbeitet! Gewaschen, geputzt, genäht, damit dieses Loch ein bißchen wohnlicher wird.«

Es dauerte nur wenige Wochen, bis sie sich ein gemütliches Heim geschaffen hatten. Vor den Fenstern hingen Gardinen, die kratzigen grauen Pferdedecken hatten rote Bezüge aus Fahnenstoff, die nackten Glühbirnen blaukarierte ›Röckchen‹, die Feigenmatten waren mit Sackleinen gefüttert und auf den gesäuberten Orientteppich gelegt worden, um ihn zu schonen. Mit den beiden Wehrmachtspinden trennte sie eine geräumige Ecke vor einem der Fenster ab.

»Das wird dein Salon, Mutti!« scherzte Katharina. »Da empfängst du deine Gäste. Wie in Königsberg. Wir beziehen die alte Matratze mit Fahnenstoff, stopfen Kissenbezüge mit Holzwolle aus, nähen Volants dran, und dann legen wir die Matratze auf vier Holzklötze, wodurch sie sich in eine Couch verwandelt. Da hast du in der Ecke ein kleines Refugium, in das du dich zurückziehen kannst.«

Vor dem Fenster war ein Blechdach, so daß sie im Sommer von ihrem Zimmer aus auf das Dach hinaussteigen konnten.

»Ein Dachgarten!« rief Anna. »Hier pflanzen wir Blumen. Vielleicht finden wir auch noch irgendwo einen Liegestuhl...«

Berthold besorgte Kisten aus einem Sägewerk, die sie zu Wäschekommoden umfunktionierten. Er organisierte auch Pulverfarben aus einer Lackfabrik.

Anna malte die Kisten schwarz an, zog Kanten und Leisten mit Goldbronze nach und lockerte die schwarzen Flächen mit goldenen Ornamenten auf, mit Kreisen, Tupfen, Monden. »Damit ein Hauch von Schönheit in unser Zuhause kommt«, sagte sie. An die Wände hefteten sie Kunstpostkarten mit grünen Blätterkränzen als Rahmen.

Und überall im Zimmer standen Blumen, blühende Zweige, die die Kinder auf dem Doktorberg gepflückt hatten.

In Annas ›Salon‹ stand ein schmaler Tisch, darauf ein kleiner Bronzeleuchter. »Das ist mein Talisman«, sagte Anna zu ihrer Tochter. »Ein Gruß aus vergangenen Zeiten. Ich habe mich nie von ihm getrennt. Es gibt noch einen zweiten. Ein lieber Freund hat sie einmal in Frankreich gekauft, einen Leuchter für mich, den anderen für sich. Das war im Krieg...«

»Ich weiß«, sagte Katharina. »Wolfgang König, der Professor.«

»Ich habe noch etwas gerettet«, fuhr Anna fort. Sie holte aus dem Flüchtlingsgepäck ein in rotes weiches Leder gebundenes Buch. Der Titel war in schwarz-goldenen Buchstaben geprägt: ALS MUTTER EIN KIND WAR. »Das Buch stammt aus dem Elternhaus eures Vaters. Seine Mutter, eure Großmutter, hat es mir geschenkt. Es ist ein altmodisches Buch, Gedanken eines jungen Mädchens im neunzehnten Jahrhundert.«

Anna legte das Buch auf den Tisch vor den kleinen Bronzeleuchter. Es nahm sich schön aus, verlieh dem Zimmer ein wenig Glanz.

Eine alte Freundin kam zu Besuch. Auch sie war aus Ostpreußen geflohen und war auf der Suche nach einer Unterkunft. Sie brachte Adressen von Ärzten mit, die früher in Königsberg stationiert gewesen waren.

Die Freundin sah sich im Zimmer um. »Ach, Anna, du bist die geborene Innenarchitektin. Die Farben hier, das Rot, das Gold, das Schwarz, die Blumenzweige, der Blätterkranz, das alte Buch – alles sieht so zauberhaft aus, als ob eine chinesische Prinzessin aus dem Märchenbuch hier wohnte. Und alles strahlt Optimismus aus...«

»Es ist zum großen Teil auch Katharinas Werk«, sagte Anna. »Und unser Leben ist nicht so sorglos wie es scheint.«

Es war sogar sehr hart, ihr Leben. Ihr Geld wurde immer knapper, sie wußten kaum, wovon sie leben sollten. Anna bezog keine Rente, keine Pension. Sie hatte keine Erfahrung mit Ämtern, Behörden, sie verstand nichts von Versorgungsansprüchen, wußte nicht, wo sie Anträge stellen sollte. Aber sie wollte ihren Kindern doch alles ermöglichen: Gymnasium, Tennis, Klavierstunden. Also mußte sie arbeiten, Geld verdienen. Bei einem Meister erlernte sie das Drechseln und richtete sich dann eine Werkstatt in einer verrotteten Waschküche ein, die man ihr im Lager nur ungern zur Verfügung stellte. Die Waschküche war nicht beheizbar. Im Winter froren sie und ihre Kinder erbärmlich.

In der Werkstatt fertigte Anna mit Hilfe der Kinder Geschenkartikel an: Weihnachtskrippen, Rauschgoldengel, geschnitzte und gedrechselte Puppen, Kinderspielzeug, Kasperletheater mit Kulissen, Holzteller, kleine Truhen.

Die Beschaffung des Materials bereitete unsägliche Mühe. Es gab ja nichts. Anna bettelte auf den Bauernhöfen Holz und Werkzeug zusammen, sammelte Riedgras,

Stroh, Schilf, Tannenzapfen. Sie lernte es auch, Möbel zu restaurieren, sie abzubeizen und aufzubauen.

»Wir schaffen es schon!« pflegte sie zu ihren Kindern zu sagen.

Und sie schafften es. Aber es dauerte lange, bis Anna endlich Heimarbeiter beschäftigen konnte. Trotzdem waren ihre Einkünfte gering. Mit der Werkstatt hielt sie ihre Familie gerade so über Wasser. Ohne Katharina wäre das alles nicht möglich gewesen. Wenn Anna auf Verkaufsreisen war, die sie bis nach Norddeutschland führten, dann war Katharina die Seele des Geschäfts: Sie leitete die Werkstatt, machte Entwürfe, lernte Heimarbeiterinnen an, stellte Arbeitsplätze auf, zahlte Löhne, setzte Verkaufspreise fest, betreute die Brüder und erstattete der Mutter schriftlich Bericht. Dabei war sie doch noch ein Kind – ein Schulmädchen.

Es waren harte Jahre, aber sie waren auch schön. Bei der Arbeit sangen sie zusammen mit den Buben, lachten, schmiedeten Zukunftspläne.

Anna liebte ihre Söhne, den klugen gewissenhaften Tobias und den fröhlichen Berthold, der die Einnahmen kontrollierte und zusammenhielt. Er war der jüngste und bestimmte alles. Er wachte über das Geld, vor allem wenn die Mutter etwas kaufen wollte. Eine Decke für den Tisch, ein Paar Strümpfe oder die zwei Engelchen mit der Kerze, die Anna in einem Antiquitätengeschäft gesehen hatte. »Jetzt noch nicht«, ermahnte Berthold sie ernsthaft.

»Berthold ist ein Finanzgenie, aber auch ein Geizkragen!« spottete Katharina. »Er kommt sich schon vor wie ein treusorgender Hausvater.«

Immer lagen kleine Zettel von Berthold auf Annas Tisch, wenn sie heimkam. Die Suppe steht noch in der Lagerküche. Oder eine Anweisung für die Schwester: Bitte, mach Feuer! Mutti will es warm haben.

Einmal gingen Anna und Katharina ins Konzert. Beim Abschied sagte Anna: »Wir haben bestimmt Hunger nach dem Konzert. Und es ist nichts im Haus, gar nichts.«

Doch als sie heimkamen, lag ein Stück Weißbrot auf dem Tisch und ein Zettel von Berthold: Dieses Stück Brot konnte ich mir verdienen. Teilt es euch redlich! Später stellte sich dann heraus, daß er sich bei den Schwarzhändlern, die mit dem Nachtzug aus München kamen, als Kofferträger verdingt hatte.

Er war ein hübscher blonder Bursche mit strahlendblauen Augen. Mit ihm konnte Anna über alle Schwierigkeiten sprechen. Die Lageratmosphäre deprimierte ihn nicht sonderlich. Sie gewöhnten sich alle daran, obwohl sie bald merkten, daß sie hier unerwünscht waren.

»Eine Generalarztwitwe gehört nicht ins Lager!« sagten die anderen Flüchtlinge. Was Tobias dachte, wußte Anna nicht. Tobias, still, zurückhaltend, nachdenklich, mit dunklem Haar, gebräunter Haut und guten braunen Augen. »Mein stolzer Adler!« nannte Anna ihn. Aber manchmal hatte sie das Gefühl, daß er die Mutter mit kritischen Augen betrachtete. Und eines Tages fragte er: »Mutti, stimmt das wirklich, daß unser Vater Arzt war?«

»Ja, natürlich, Tobias«, sagte Anna. »Wie kommst du darauf?«

»Die Buben in der Schule glauben das nicht. Sie sagen, wir sind Angeber, Lügner wie alle Flüchtlinge. Alle Flüchtlinge würden behaupten, sie hätten in ihrer Heimat ein Schloß gehabt. Dabei hätten sie in Wirklichkeit nur in Hütten mit Lehmboden gehaust.«

»Laß sie reden!« sagte Anna, aber ihr Gleichmut war nur gespielt.

›Das tut weh!‹ schrieb sie in das blaue Schulheft. Sie hatte es sich angewöhnt, kleine Erlebnisse in das Heft einzutragen. Auch Erinnerungen. Manchmal nur einen Satz, etwa die herbe Wahrheit, die Frau Weise, ihre Pflegemutter ihr als Kind eingehämmert hatte: ›Das Leben ist kein Vergnügen, sondern eine schwere Aufgabe.‹ Oder das chinesische Sprichwort, das sie in einer Zeitschrift gefunden hatte: ›Wenn du einen grünen Zweig im Herzen trägst, wird sich ein singender Vogel darauf setzen.‹ Oder den Titel eines Buches, das sie interessierte. Und natürlich auch Erlebnisse mit ihren Kindern. Anna liebte ihre Söhne, aber ihre Tochter Katharina war ihr mehr als ein Kind. Mit Katharina fühlte sie sich innig verbunden, unauflöslich, wie sie meinte.

Darum war sie auch tief betroffen, als Katharina das Gymnasium in Bad Reichenhall verließ und sich in Salzburg bei der Staatsgewerbeschule anmeldete, um dort Keramik und Malerei zu studieren, ohne die Mutter vorher zu fragen. Es war dies eine ihrer eigensinnigen Entscheidungen, zu denen sie neigte. Sie stellte Anna einfach vor vollendete Tatsachen. An Katharinas Interesse an der Werkstatt änderte sich dadurch nichts. Im Gegenteil, sie brachte neue Ideen mit.

Bei aller Bedrängnis waren sie eine glückliche Familie. Sie hatten nur das eine große Zimmer, in dem sie wohnten, schliefen und in dem tagsüber die Arbeiter und Arbeiterinnen mit der Herstellung von Geschenkartikeln beschäftigt waren.

Anna und ihre Kinder standen morgens sehr früh auf, räumten Bettgestelle und Decken in den Duschraum und bauten lange Klapptische und Bänke auf. Und dann summte der Raum vor Betriebsamkeit. Nur am Samstag und Sonntag kehrte Ruhe ein.

So vergingen einige Jahre. Anna und ihre Kinder wohnten immer noch im Lager. Die Arbeit in der Werkstatt ging gut voran, Aufträge kamen herein, die Söhne waren gute Schüler, ausgezeichnete Sportler, sie spielten

Tennis, hatten Klavierstunden, übten auf dem alten verstimmten Instrument, das in einem Abstellraum des Lagers stand und sangen im Kirchenchor.

Katharina stellte ihre ersten künstlerischen Arbeiten in dem Schaufenster einer Buchhandlung aus, Keramiken, Kinderköpfchen, Putten.

Allmählich gewannen sie Ansehen bei den Einheimischen, obwohl sie Flüchtlinge waren und im Lager lebten.

»Wir sind alle gesund«, sagte Anna, »wir sind zusammen. Ich bin zufrieden. Es kann nur noch besser werden.«

»Wie denn?« fragte Tobias skeptisch.

»Das weiß ich nicht«, antwortete Anna. »Aber irgend etwas wird passieren. Man muß nur fest daran glauben.«

2.

Wieder wurde es Frühling. Und im Mai passierte etwas: Ein Amerikaner in Uniform erschien im Lager. Er fuhr mit dem Jeep in den Hof ein, von den Lagerkindern halb ängstlich, halb neugierig bestaunt.

Mister Greenbaum wollte zu Frau Anna Ritter. Der Lagerleiter, ein ehemaliger Oberst, führte ihn in Annas Zimmer. Dort trug Mister Greenbaum sein Anliegen vor. Er hatte seinen Standort in Garmisch und warb für die Europa-Union. Annas Namen hatte er von Sybille von Enkendorf, die in Königsberg Annas beste Freundin gewesen und es auch in schlechten Zeiten geblieben war.

Sybille war in Garmisch für die Europa-Union tätig, erfuhr Anna.

»Würden Sie auch für die Europa-Union arbeiten, Frau Ritter?« fragte Mister Greenbaum. »Natürlich ehrenamtlich. Es findet bald ein Kongreß auf Schloß Schwalbach statt, der etwa eine Woche dauert. Man wird Sie einladen, und Sie könnten sich in Schwalbach anhand der Vorträge, die dort gehalten werden, orientieren. Unterlagen und Fahrkarte erster Klasse werden Ihnen zugeschickt...«

Anna nickte ungläubig, sie fand keine Worte. Sie sollte eine Reise machen? Im Zug? Erster Klasse? Schloß Schwalbach? Ein Schloß! Sie sollte acht Tage lang in einem Schloß wohnen? Bisher hatte sie noch nie etwas von der Europa-Union und ihren Zielen gehört. Aber – ›ganz gleich, was die Europa-Union auch immer plant‹, schrieb Anna in ihr blaues Schulheft, ›diese wunderbare Möglichkeit lasse ich mir nicht entgehen. Katharina ist da ganz meiner Meinung.‹ Katharina war begeistert gewesen, als sie ihr davon erzählt hatte.

»Da fährst du hin, Mutti! Ganz klar! Da kommst du endlich unter Leute. Vielleicht lernst du dort einen Mann kennen, der dir gefällt...«

»Einen Mann, Katharina? Ich habe wirklich andere Sorgen. »Einen Mann? Das ist ein völlig abwegiger Gedanke!«

»Du brauchst etwas zum Anziehen, Mutti«, hatte Katharina das Gespräch unbeirrt fortgesetzt. »Wir haben doch noch den schönen beigen Gabardine-Anzug von Vati. Daraus läßt du dir ein Kostüm machen. Neben der Nicolai-Kirche wohnt ein Schneider. Zu dem gehen wir. Du mußt elegant wirken. Bahnenrock, Reiterjacke, aus Vatis Hemden schneidern wir Blusen, eine weiße und eine blaue. Dann kommst du daher wie von einem ostpreußischen Rittergut.«

»Wenn du meinst, Katharina«, hatte Anna gesagt.

Und so reiste sie dann nach Schloß Schwalbach. Das Haar glatt zurückgestrichen und im Nacken zu einem Knoten aufgesteckt. Eine echte Perlenkette um den Hals, ein Geschenk von Martin und eins der wenigen Schmuckstücke, die sie noch nicht gegen Geld oder Lebensmittel eingetauscht hatte. Schottisch karierte Reisetasche, Wildlederschuhe, wie man sie in Ostpreußen zum Reiten getragen hatte, Baskenmütze.

Der Zug fuhr von Bad Reichenhall über München, Frankfurt, Wiesbaden, nach Bad Schwalbach.

In Wiesbaden verpaßte Anna den Anschlußzug. Sie mußte warten und mit einem Bummelzug fahren. In Bad Schwalbach holte sie niemand ab. Sie fragte nach dem Weg und wanderte dann eine Stunde lang zu dem Schloß, in dem der Kongreß stattfand. Sie langte erst bei Dunkelheit dort an.

Man teilte ihr ein Zimmer mit zwei Soldatenbetten zu. Die Betten nahmen sich grotesk aus in dem großen Raum mit seiner Stuckdecke, der reichgeschnitzten Nußbaumtür und dem fächerartig ausgelegten Parkett. Man mußte an Krieg denken, an Besatzungsmacht, an beschlagnahmte Möbel.

Annas Zimmergenossin war eine Richterin aus Trier, Frau Dr. Riedel. Sie war jung, hübsch und freundlich. Sie arbeitete schon seit längerer Zeit für die Europa-Union, erzählte sie. Sie wirkte weltgewandt und gebildet, und Anna beschlich ein Gefühl der Unterlegenheit.

Als sie im Bett lag, dachte sie an ihre Kinder, die allein im Lager waren, und fragte sich, ob sie richtig gehandelt hatte, als sie diese Einladung zu dem Kongreß annahm, und ob sie den Anforderungen, die man offenbar ganz selbstverständlich hier von ihr erwartete, gerecht werden konnte.

Am nächsten Morgen kam Anna zu spät zum Frühstück, sie hatte sich verschlafen. Das Frühstückszimmer war leer. Warum hatte Frau Dr. Riedel sie nicht geweckt? Anna blickte sich ratlos um. Dann ging sie kurzentschlossen in den Park, der das Schloß umgab.

Die Sonne schien, Rosen blühten und dufteten. Es war Juni. Hinter einem Treibhaus standen Liegestühle. Ein junger Mann lag ausgestreckt in einem der Stühle und hielt das Gesicht der Sonne entgegen. Er schien noch sehr jung zu sein. Ein Student! dachte Anna.

Sie trat näher, sagte »Grüß Gott«, und deutete fragend auf den Liegestuhl, der neben seinem stand.

Der junge Mann erhob sich halb aus seinem Stuhl und machte eine einladende Bewegung mit der Hand. »Bitte!« Er war sehr groß und überschlank.

Anna hahm Platz. Sie betrachtete den jungen Mann von der Seite. Er hatte ein schmales Gesicht, eine hellblonde Mähne über der hohen Stirn, auffallend schöne Hände und war gepflegt gekleidet.

»Student aus gutem Hause«, dachte Anna wieder.

Er sagte nichts.

»Ich habe gestern in Wiesbaden den Anschlußzug verpaßt«, begann Anna, um das Schweigen zu brechen.

»Davon habe ich bereits gehört«, sagte er. Er hatte eine tiefe Stimme, die Anna angesichts seiner zarten Erscheinung nichts vermutet hätte.

Er schloß die Augen wieder und träumte schweigend vor sich hin. Auf Anna wirkte er arrogant und verschlossen, auch weil er sie nicht zum Sprechen ermutigte. Sie wollte sprechen, fragen, sich mitteilen. Und so redete sie einfach weiter: »Ich komme aus Bad Reichenhall. Wir wohnen dort im Flüchtlingslager. Meine drei Kinder und ich. Das Schloß und der Park hier erinnern mich an Ostpreußen. Dort haben wir viele Jahre gelebt. Dort war es schön. Unser Haus stand auch in einem Park…«

Er wandte den Kopf zu Anna hin, und sie sah in seine Augen, große blaugrüne Augen.

Er sagte immer noch nichts.

Anna kam sich dümmlich vor. Und sie dachte: Ich sollte den Mund halten! Schluß jetzt. Ich sage nichts mehr…

Aber sie konnte sich nicht helfen, sie redete gegen ihren Willen weiter: »Ich habe Heimweh nach meinen Kindern.«

»Heimweh?« wiederholte er. »Das kenne ich nicht. Selbst als ich noch klein war und die Ferien in einem Kinderheim verbrachte, verstand ich nicht, daß die anderen Kinder weinten, weil sie Heimweh hatten. Ich habe sie dann immer getröstet, so gut ich es halt vermochte.«

»Dann können Sie sich vielleicht auch nicht richtig von Herzen freuen«, meinte Anna. »Ich vermisse meine Kinder. Hier ist es so schön, und sie können das alles nicht miterleben. Das tut mir leid.«

»Kleine Kinder empfinden das nicht so sehr«, bemerkte er leichthin.

»Kleine Kinder?« entgegnete Anna. »Katharina, meine Tochter, besucht schon die Kunstschule in Salzburg. Meine Söhne gehen ins Gymnasium, und es wird nur noch ein paar Jahre dauern, dann muß der älteste zur Universität. Es sind liebe Kinder, sie haben sich für mich gefreut, als mir diese Reise angeboten wurde. Ich habe eine Werkstatt, in der wir Geschenkartikel herstellen. Ohne Katharina könnte ich das gar nicht schaffen. Katharina ist alles für mich: große Schwester, Freundin... Sie ist praktischer und gescheiter als ich. Sie versteht es, mit Ämtern umzugehen, Formulare auszufüllen, was ich nicht kann. Ohne Katharina bin ich nur ein halber Mensch.«

Der junge Mann lächelte spöttisch. »Wie alt ist das Mädchen?«

»Siebzehn«, sagte Anna.

»Oh!« Das klang verwundert, sogar enttäuscht. »Die meisten Mütter sind verliebt in ihre Töchter«, fuhr er fort, und in seiner Stimme schwang Ironie, »bei Ihnen allerdings scheint mir die blinde Mutterliebe übertrieben.«

»Ach, Sie kennen Katharina nicht, sonst würden Sie anders reden. Meine Tochter ist eben etwas Besonderes.« Er schwieg eine Weile. Und wieder hatte Anna den Eindruck, daß ihm ihre Vertrauensseligkeit unangenehm war und daß er sich innerlich dagegen wehrte.

Schließlich sagte er: »So große Kinder haben Sie?« Er schüttelte ungläubig den Kopf. »Ist Ihr Mann tot?«

»Mein Mann ist in einem Kriegsgefangenenlager in Rußland gestorben. Er war Arzt. Wir haben ihn zum letzten Mal gesehen, als er auf Urlaub war, ein Jahr bevor Stalingrad fiel. Erst nach sechs Jahren erhielten wir das erste Lebenszeichen von ihm. Und dann war Weihnachten, im Lager in Bad Reichenhall. Die Kinder führten ein Krippenspiel auf. Katharina spielte die Maria, mein Sohn Tobias den Joseph und Berthold den Hirten. Sie haben so schön gesungen. Alle Eltern haben geweint. Ich auch. Ich konnte es schließlich nicht länger ertragen und ging auf unser Zimmer. Martins Foto hing an der Wand, das Bild des Vaters, den meine Kinder so sehnsüchtig erwarteten und für den wir schon Lebensmittel zusammensparten für das Fest seiner Heimkehr. Ich schaute das Foto an, und plötzlich fiel es herunter, grundlos, wie mir schien. Wahrscheinlich hatte sich der Nagel gelockert. Aber für mich war das ein Zeichen. Ich dachte: Martin ist nicht mehr in Rußland gefangen, er ist endlich frei! – Kurze Zeit später erhielten wir die Nachricht, daß Martin wirklich nicht mehr in Kriegsgefangenschaft war, er war endlich frei – gestorben in Rußland...«

Der junge Mann wandte den Kopf ab. Wenn er erschüttert war, so zeigte er es nicht. Anna wußte nicht, was er dachte. War er gelangweilt, uninteressiert, peinlich berührt? Und obwohl sie schon bereute, daß sie ihr Leben vor diesem fremden jungen Mann ausgebreitet hatte, erzählte sie ihm doch noch von ihren Söhnen. Der

Wunsch, sich einmal bei einem Mann auszusprechen, war übermächtig in ihr.

»Tobias und Berthold... es ist sonderbar, obwohl die beiden unter den gleichen Bedingungen, den gleichen Einflüssen aufwachsen, sind sie ganz verschieden. Berthold ist unser Sonnyboy, er trägt das Herz auf der Zunge. Tobias ist wortkarg, er liest viel, er scheint immer zu lesen, auch wenn er kein Buch vor der Nase hat. Manchmal ist er mir ein Rätsel. Ich muß Ihnen da eine kleine Geschichte erzählen. Sie liegt schon lange lange zurück. Wir hatten damals eine Frau, die die Kinder betreute und für sie kochte, wenn ich auf Geschäftsreisen war. Eine einfache Frau, ein wenig einfältig, töricht. Aber sie war nett zu den Kindern, und Tobias war ihre große Liebe, sie himmelte ihn an, verwöhnte ihn, schenkte ihm sogar eine lederne Aktentasche, obwohl sie selbst sehr arm war. Und dann stellte es sich heraus, daß sie stahl. Ich schickte sie weg. Tobias bestand darauf. Unser stiller feiner Tobias wurde heftig, laut, aggressiv! Er warf der Frau die Aktentasche vor die Füße und schob sie mit beiden Händen aus dem Zimmer. So streng war er! Ich war direkt erschrocken.

Später stand die Frau dann oft vor unserem Fenster und schaute sehnsüchtig hinauf. ›Himmel‹, sagte Berthold. ›Das ist ja nicht mitanzusehen. Laß das arme verrückte Huhn doch wieder kommen, Mutti. Es hat ihr doch so gut bei uns gefallen. Man muß das alles nicht so eng sehen...‹ – Aber Tobias erlaubte es nicht. Er ist in der Hinsicht wie sein Vater. Auch mein Mann konnte unerbittlich sein, wenn sein Gefühl für Anstand verletzt worden war. Ein Vertrauensbruch? Unverzeihlich! Berthold ist da großzügiger, gutmütiger. Er mogelt selbst gern ein bißchen, laviert sich durch... Berthold macht seinen Weg, da bin ich sicher. Und Tobias wird einmal Professor, dafür sorge ich schon. Meine

Katharina ist hoch begabt, eine Künstlerin, vielleicht wird sie berühmt. Bestimmt wird sie einmal heiraten, daran mag ich gar nicht denken. Sie ist ein schönes Mädchen...«

»So wie Sie?« fragte der junge Mann. »So blond? So große graublaue Augen?«

»Nein! Ganz anders... dunkles Haar, braune Augen. Eine richtige. Schönheit und so lieb...«

Der junge Mann lachte spöttisch. »Haben Sie nicht zuweilen den Eindruck, daß Sie sich zu sehr an Ihre Kinder klammern? Daß Sie sie sogar unterdrücken, indem Sie ihnen Ihre eigenen Wünsche für die Zukunft aufzwingen?«

Anna schwieg. Dann sagte sie langsam: »Darüber habe ich noch nie nachgedacht.«

»Jetzt haben Sie dazu sowieso keine Zeit!« Der junge Mann zog seine Uhr und sprang auf. »Kommen Sie! Dr. Stohr hält seinen ersten Vortrag. Den dürfen wir nicht versäumen. Sie haben schon gestern abend und heute früh gefehlt.«

»Was für Vorträge werden eigentlich gehalten.« erkundigte sich Anna.

»Das erfahren Sie dann schon!« sagte er.

Zusammen liefen sie durch den Park zum Schloß.

Im Vortragsraum waren Stühle um einen runden Tisch aufgestellt.

»Setzen Sie sich doch neben mich«, forderte der junge Mann Anna auf.

»Gern!« sagte sie dankbar.

Er gab ihr Bleistift und Papier. »Passen Sie gut auf. Sie müssen alles notieren, was wichtig ist.«

Anna schaute ihn betroffen an. »Das kann ich ja gar nicht.«

Und sie hatte auf der Zunge, ihm einzugestehen: Ich bin hier nur, um ein paar Tage Ferien im Schloß zu verleben... Aber sie unterdrückte die Bemerkung.

»Ich mache das schon für Sie!« flüsterte er ihr zu.

Die Vorträge rauschten an Anna vorbei. Sie verstand nur wenig. Soviel begriff sie immerhin, daß man die Vereinigung Europas zu einem Staat anstrebte und daß man die trennenden Grenzen beseitigen wollte.

Vor dem Mittagessen fand die offizielle Vorstellung der Teilnehmer statt. Beruf und Heimatort wurden genannt. Die Referenten waren meistens Juristen oder Lehrer, aber es waren auch einige Studenten dabei.

Der junge Mann, den Anna im Park kennengelernt hatte, hieß Herbert Pauli. Er war kein Student, wie sie geglaubt hatte, sondern Gerichtsassessor aus Frankfurt. Anna konnte ihr Erstaunen kaum verbergen. Er sah doch noch so jung aus!

Alle hatten einen Beruf. Auch die Damen. Was sollte sie als Beruf angeben? Herstellerin von Geschenkartikeln? Mutter von drei Kindern? Sie nannte nur ihre Anschrift.

Und dann vergingen die Tage wie im Flug. Vorträge, Filmvorführungen, Diskussionen, am Abend Tanz.

Anna tanzte fast ausschließlich mit Herbert Pauli. Sie kam sich jung und verwegen vor. Das Leben schien auf einmal leicht und heiter. Und die Gespräche mit Herbert Pauli über Musik, Kunstgeschichte, Bücher! Sie erzählte ihm auch von Ostpreußen, von den Sommern auf der Kurischen Nehrung, von Nidden, der Ostsee, den Dünen, von der großzügigen ostpreußischen Gastfreundschaft. Auch von ihrem blauen Schulheft. »Ich habe inzwischen schon das dritte begonnen...«

Es waren anregende Tage. Anna blühte auf, wurde leichtsinnig. Sie arrangierte den Fünfuhrtee, schmückte die Tische mit Blumen, stellte Kerzen auf, sie kaufte sogar Erdbeeren und bezahlte sie von dem wenigen Geld, das sie besaß. Und immer war Herbert Pauli an ihrer Seite. Sie entdeckten, daß sie viele gemeinsame Interesse hatten.

Er hatte seine Geige mit, und wenn er spielte, bewunderte Anna seine schönen Hände. »In Ostpreußen kannte ich einen Maler«, sagte sie, »den Maler Karl. Der spielte auch so wunderbar Geige wie Sie, Herr Pauli.«

Am Abend stand Anna oft am Fenster. Ihr Blick ging über die großen Kastanienbäume, den Park, die Blumenbeete, zum Sommerpavillon hinüber.

Bald ist die schöne Zeit vorbei! dachte sie. Ich würde gern noch bleiben... Und sie dachte auch: Schade, daß Herbert Pauli so jung ist! Und daß er noch viel jünger aussieht, als er es tatsächlich ist. Auch ihm werde ich bald adieu sagen müssen und ihn vermutlich nie mehr wiedersehen...

Sie war gern mit ihm allein. Seine ironischen Anspielungen störten sie nicht mehr. Sie bemühte sich auch nicht mehr, ihm Geist und Bildung vorzutäuschen. Sie sprachen miteinander wie alte Freunde.

Am letzten Tag fragte sie ihn: »Gehen Sie mit? Ich mache heute einen Waldspaziergang.«

»In den Wald? Ich bliebe eigentlich lieber im Liegestuhl liegen. Ich bin heute regelrecht faul.« Aber dann kam er doch mit.

Sie wanderten lange, ohne zu sprechen. Bis ein warmer Regen sie überraschte und sie umkehren mußten.

Auf den Wegen des Schloßgartens standen große Pfützen, über die Bretter gelegt worden waren. Herbert ging voraus und reichte Anna die Hand, damit sie über die Stege balancieren konnte. Seine schmale Hand hatte einen festen Druck. Er ließ ihre Hand nicht los, als sie weitergingen. Und Anna entzog sie ihm auch nicht. Morgen müssen wir uns trennen! dachte sie. Und plötzlich überfiel sie der heftige Wunsch, Herbert zu behalten. Sie wollte etwas finden, das sie aneinander band, eine Arbeit, ein starkes gemeinsames Ziel. Spontan sagte sie: »Ich möchte ein Buch schreiben, eine Liebesgeschichte. Sie sind so klug, Herbert. Sie könnten mir dabei helfen. Wollen Sie?«

Er lachte. »Ich bin kein Schriftsteller, ich bin Jurist. Aber Sie, Anna – was hindert Sie? Setzen Sie sich hin! Schreiben Sie! Sie können so schön erzählen.«

»Ich traue es mir nicht zu«, bekannte sie. »Außerdem mache ich Fehler. In der Orthographie, in der Interpunktion...«

»Das ist ganz unwichtig«, sagte er. »Der Stoff ist wichtig. Schicken Sie mir die einzelnen Kapitel. Ich korrigiere sie dann.«

»Danke, Herbert!« sagte sie leise.

Sie blieben stehen und sahen sich an.

»Mein lieber Engel!« murmelte er.

Sie lächelte ihm zu und berührte seinen Arm. Das war alles. Und doch war Anna auf einmal glücklich, glücklich auf eine neue Art. Es war ein Gefühl, für das sie noch keinen Namen hatte.

»Bis bald, Herbert!« sagte sie.

Als sie auf ihr Zimmer ging, lächelte sie vor sich hin, und doch war ihr auch ein wenig zum Weinen zumute. Und dann sah sie den Brief. Katharina hatte geschrieben.

Die Kinder! dachte Anna. Ich habe die Kinder vergessen! Ihr Lächeln erlosch, das schöne neue Gefühl verdunkelte sich.

›Liebe Mutti‹, schrieb Katharina, ›heute haben wir Deine Karte und den Brief erhalten. Uns geht es gut. Satt werden wir auch immer. Fräulein Elsässer versorgt uns prima. Frau Gonell hat zwanzig Puppen und vierhundert Sterne abgeliefert. Frau Luzie fünfzehn Puppen, Herr König sechs Teller, fünf große und einen kleinen. Paket aus Amerika angekündigt. Paß müssen wir besorgen. Vielleicht schreibst Du an den Direktor der Schule in Salzburg. Ausbildung dauert drei

Jahre. Herr Heim hat uns ein Körbchen Obst versprochen. Das Radl von unserem Juden Ebbes ist gestohlen worden. Heute geht's ins Konzert, ich bin eingeladen. Suppe bei Herrn Roskiwitz geholt. Auch Weißbrot. Post nur geschäftlich. Krankenkasse und Steuer. Berthold ist heute beim Fußball, Tobias in Klavierstunde. Neue Heimarbeiterin für Malerei ausprobiert. Ergebnis Samstag. Einstellen natürlich erst, wenn Du kommst. Berthold lernt die Heimarbeiter für Sterne an. Er hat ausgerechnet, wie lange sie brauchen dürfen. Liebe Mutti, für heute ist Schluß. Ein Küßchen von Deinen Kindern und vor allem von Deiner Katharina. Grüße an alle, die nett zu Dir sind. Wir wünschen Dir noch schöne Tage.‹

Anna las den Brief einmal, zweimal, immer wieder. Das Leben im Lager stand vor ihr auf, der Kampf ums tägliche Brot, die Sorge um die Kinder, um die Schule. Sie kam sich pflichtvergessen vor.

Am Abend las sie Herbert den Brief vor.

Er sagte nichts, aber sie spürte seine Anteilnahme.

Am nächsten Tag war der Kongreß zu Ende.

Am späten Nachmittag stand der Omnibus zur Abfahrt bereit. Anna hatte ihre Tasche gepackt und ging pünktlich zum Ausgang des Schlosses.

Herbert war noch nicht da. Erst beim letzten Aufruf kam er eilig aus der Tür. Er ging auf Anna zu und ergriff ihre Hand. So standen sie da. Niemand kümmerte sich um sie. Die Türen wurden zugeschlagen, der Bus fuhr ab. Anna und Herbert blieben zurück.

»Was nun?« fragte Anna. »Jetzt müssen wir laufen. Wir brauchen mindestens eine Stunde bis zum Ort.«

»Dann laufen wir eben«, sagte er.

Sie lachten sich an und machten sich auf den Weg. Lange Zeit gingen sie schweigend nebeneinander her.

»Bald kommt meine Lieblingsstunde, die blaue Stunde«, sagte Anna schließlich. »Ich möchte eigentlich noch nach Frankfurt, zu Freunden. Sie erwarten mich.«

»Heute wird das wohl nichts mehr werden«, lachte Herbert. »Ich frage in einem der Häuser, ob wir zwei Zimmer für die Nacht bekommen können. Aber vorher müssen wir unser Geld zählen.« Sie hatten beide nur wenig Geld.

›Bienenhonig zu verkaufen!‹ stand an einem Häuschen. Es war von einem wunderschönen Blumengarten umgeben.

Herbert drückte auf die Türklingel. Ein Mann in mittleren Jahren öffnete. Er musterte die Ankömmlinge mit abschätzenden Blicken. »Was wollen Sie?«

»Wir möchten zwei Zimmer für eine Nacht«, sagte Herbert. »Hätten Sie welche zu vermieten?«

Er brachte sein Anliegen ganz unbefangen vor. Anna wunderte sich. Hatte er Erfahrung in solchen Dingen?

Der Mann grinste wissend und sagte in dreistem Ton: »Zwei Zimmer? Was ihr braucht, ist ein Bett, aber damit kann ich nicht dienen.«

Sie überhörten die Anzüglichkeit und verlangten nur ein Glas Honig, bevor sie weitergingen. Schließlich machten sie an einem kleinen Bach halt, der sich durch die Wiesen schlängelte und an dessen Ufer gelbe Dotterblumen und blaue Vergißmeinnicht wuchsen.

»Haben Sie auch so großen Hunger wie ich?« fragte Herbert. »Ob wir den Honig probieren?«

Anna hatte keinen Hunger. Und den Honig wollte sie ihren Kindern als Geschenk mitbringen. Trotzdem nahm sie das Glas aus ihrer Tasche, schraubte es auf und ließ einen dicken Tropfen auf ihre Handfläche laufen. Sie hielt Herbert die Hand hin,und er küßte den Honig weg. Sie taten das noch dreimal, dann wuschen sie sich die Hände im Bach und schüttelten lachend die Wassertropfen ab.

Plötzlich nahm Herbert Anna in die Arme. Er küßte sie auf Wange und Stirn. »Das habe ich nicht gewollt«, sagte er leise. »Ich wollte es wirklich nicht. Ich habe dagegen angekämpft, als ich hörte, daß du schon große Kinder hast. Da dachte ich mir: Das darf nicht sein, ich darf mich nicht verlieren. Aber es hilft nichts, sie ist da, die Liebe. Sie ist so schnell gekommen, alles ist so schnell gekommen.« Er drückte Anna an sich und schmiegte sein Gesicht an ihren Hals.

In diesem Augenblick wurde Anna bewußt, wie viel er ihr schon bedeutete. An eine körperliche Vereinigung dachte sie dabei nicht. Sie hatte so lange Jahre ohne einen Mann gelebt, daß der Gedanke an Sexualität sie eher abstieß. Aber sie wollte auch Herberts künftiges Leben nicht in Unordnung bringen. Sie ahnte, daß ihr seelische Kämpfe bevorstanden.

»Einen Schlüssel für ein Schloß möchte ich dir überreichen können«, sagte Herbert in ihre Gedanken hinein. »Ein Schloß steht dir zu. Ich würde dich gern heiraten...«

Anna schreckte zusammen, und sie dachte: Um Himmelswillen! Was ist er nur für ein Kind! Heiraten? Unmöglich!

Und sie fragte sich, ob sie das Spiel nicht zu weit getrieben hatte. Sie fühlte sich verantwortlich für Herbert. Sie war die ältere, sie hätte es wissen müssen. Aber – sie war doch so glücklich bei ihm. Endlich hatte sie wieder einen Menschen, der ihr zuhörte, einen Mann, der sie liebte und der es ihr sagte.

Arm in Arm gingen sie nach Bad Schwalbach hinunter.

»Wir müssen ein Hotel für dich suchen«, sagte Herbert.

»Hoffentlich ist das nicht zu teuer«, gab Anna zu bedenken.

Er lachte. »Weißt du, Anna, alle Kongreßteilnehmer haben dich für eine reiche Frau gehalten. Ich auch. Du siehst reich aus, irgendwie wirkst du so.«

Anna mußte lachen. »Wenn die wüßten!«

Sie fanden ein Hotel, in dem Anna nach einem billigen Zimmer fragte. Sie bekam eine Dachkammer mit schrägen Wänden und einem weißgescheuerten Holzfußboden. Vom Fenster aus blickte man auf den Kirchturm. Es gab kein Waschbecken im Zimmer. Toilette und Zapfhahn befanden sich auf dem Flur.

»Mir gefällt es hier«, sagte Anna.

»Es ist ein Dienstbotenzimmer«, meinte Herbert lächelnd. »Aber das Bett ist breit. Da hätten zwei Platz...«

»Ich schlafe allein«, sagte Anna fest. »Gute Nacht, Herbert!« Er küßte sie und ging. An der Tür drehte er sich noch einmal um und schaute traurig auf das Bett.

Am nächsten Morgen holte er sie ab. Er trug eine Tüte Kirschen im Arm. Von der benachbarten Kirche tönte das Glöckchen zur Wandlung. Anna faltete die Hände. »Herr, ich bin nicht würdig, daß du eingehst unter mein Dach. Aber sprich nur ein Wort, so wird meine Seele gesund.«

»Bist du katholisch?« fragte Herbert.

»Ja«, sagte sie.

»Ich bin evangelisch. Aber deinetwegen würde ich auch katholisch werden...«

Anna bemerkte, daß er müde und abgespannt aussah. Er war unrasiert. An Kinn und Wangen zeigte sich ein dünner blonder Bart.

»Wo hast du übernachtet?« fragte Anna.

Er antwortete nicht, und Anna dämmerte es, daß er möglicherweise auf einer Parkbank geschlafen hatte. Er hatte ja kein Geld.

Anna bezahlte ihr Hotelzimmer, und danach waren auch ihre Finanzen erschöpft. Sie hätte so gern mit ihm gefrühstückt, aber es ging nicht.

Sie traten in die Kirche ein. Es war dunkel im Kirchenschiff, vor dem Muttergottesaltar brannten Kerzen.

»Wie schön wäre es, wenn jetzt die Orgel spielen oder ein Kinderchor singen würde«, sagte Anna. »Meerstern, ich dich grüße«, summte sie. »Oh, Maria, hilf! – das ist eins meiner Lieblingslieder.«

Dann schlenderten sie durch Bad Schwalbach. Das Wetter war schön, die Sonne schien. In einem Park setzten sie sich auf eine Bank. Ein Springbrunnen sprudelte. Sie aßen die Kirschen, lachten sich an, umarmten und küßten sich.

Dann gingen sie zum Bahnhof und suchten sich einen Zug nach Frankfurt aus.

»In Frankfurt müssen wir uns leider trennen«, sagte Herbert. »Ich muß weiter nach Kassel. Ich habe dort zu tun.«

Der Abschied in Frankfurt war schwer. Sie standen auf dem Bahnsteig. »Deine Adresse habe ich ja«, sagte Herbert.

Der Schaffner pfiff, die Türen wurden geschlossen, Herbert stand immer noch bei Anna und hielt ihre Hand.

Ein letzter Pfiff!

»Dein Zug, Herbert!« mahnte Anna.

Jetzt endlich sprang er auf die Plattform des langsam anfahrenden Zuges. Er beugte sich weit hinaus und warf Anna sein Taschentuch zu. »Du hast ja sonst gar nichts von mir!« rief er. »Lebwohl, Anna, vergiß mich nicht!«

Diese Worte klangen in Anna nach, als sie vom Bahnhof aus durch die fremden Straßen ging. Sie sah immer noch die weiße schmale Hand, die ihr zuwinkte. »Leb wohl, Anna, vergiß mich nicht!«

Was soll daraus werden? dachte Anna verwirrt. Ich weiß es nicht. Er ist so jung, fast noch ein Kind in seinen Liebesäußerungen...

Im Haus ihrer Freunde wurde sie herzlich aufgenommen. Es war eine Familie, die sie aus Königsberg kannte. Ein Kollege ihres verstorbenen Mannes, Universitätsprofessor. Auch die Lebensumstände des Professors hatten sich grundlegend verändert. Er wohnte mit seiner Familie nicht mehr in einer großen Villa mit Garten und Tennisplatz wie in Königsberg, sondern in einer Dachwohnung.

Anna übernachtete in den Praxisräumen.

Sie sprachen viel von Königsberg, und die Freunde interessierten sich dafür, was es mit der Europa-Union auf sich habe, und welche Aufgabe Anna dabei zufiele.

Anna berichtete, und sie ertappte sich dabei, daß sie immer wieder den Assessor Pauli erwähnte, von seiner Klugheit schwärmte, seiner Musikalität, seinem Violinenspiel, seinen Kenntnissen in Literatur. Manchmal bemerkte sie, daß die Augen ihrer Gastgeber mit Befremden auf ihr ruhten. Dann riß sie sich zusammen.

Ich bin verrückt! dachte sie. Ich darf mich nicht so gehenlassen...

Am nächsten Morgen sagte der Professor in gutmütigem Spott zu ihr: »Dein kleiner Assessor hat schon bei uns angerufen, Anna. Er hat Sehnsucht nach dir.«

Anna errötete flammend. »Ich fahre schon heute heim«, sagte sie. »Die Kinder brauchen mich. Sie führen die Werkstatt allein. Ich bürde Katharina ohnehin zu viel auf.«

Unruhe erfaßte sie. Sie wollte zurück in ihr altes Leben, in das Gleichmaß ihrer arbeitsreichen Tage. Sie wollte das romantische Erlebnis mit Herbert vergessen. Es sollte eine Episode bleiben.

3.

Am Abend kam sie in Bad Reichenhall an.

Die Kinder erwarteten sie am Bahnhof. Sie strahlten, als sie Anna entdeckten.

Was habe ich doch für schöne kräftige Kinder, dachte Anna. Frisch, gesund, sportlich.

Herbert kam ihr in den Sinn: Blaß, vor den Augen die Brille, die er allerdings nicht immer trug. Ein Sportsmann war er ganz und gar nicht.

Katharina war aufgeregt. Als sie die Mutter umarmte, flüsterte sie ihr ins Ohr: »Es ist ein Brief für dich da. Von einem Herbert Pauli. Hast du eine Eroberung gemacht?«

»Ach nein«, wehrte Anna ab.

Der erste Brief von Herbert!

›Mein Engelsgesicht!‹ schrieb er. ›Der Abschied von Dir kam mir erst dann schmerzlich zu Bewußtsein, als der Zug aus der Halle gefahren war und ich mein vergebliches Winken einsah. Ohne Dich erscheint mir alles klein und unbedeutend. Sogar die Blumen sehen anders aus. Wann sehe ich Dich wieder? Ich muß bald mit Dir sprechen, Hand in Hand mit Dir durch die Wiesen laufen. Ohne Dich freut mich das ganze Leben nicht. Auch mein Geigenspiel nicht, weil ich nicht für Dich spielen kann...‹

Anna beantwortete den Brief nicht. Sie dachte täglich, ja stündlich an Herbert und an die gemeinsam verbrachte Woche in Schwalbach. Aber nun war sie wieder Mutter und kein verliebtes junges Mädchen mehr, und sie wollte auch nichts anderes sein als eine gute Mutter.

Natürlich wäre sie gern zu dem Häuschen gefahren, von dem Herbert ihr erzählt hatte. »Ich wohne in der Mansarde«, hatte er gesagt. »Ich bin ausgebombt, ich habe nichts mehr. Vielen geht es so. In meiner Bude gibt es nur Bücher, Zeitungen, meine Geige und Kerzenstummel. Mein Bett ist so klapprig und schmal, daß kein zweiter darauf liegen könnte. Ich bin arm, ich bin ja noch nicht Beamter und bekomme nur ein paar Mark vom Staat als Überbrückung...

Anna war siebenunddreißig Jahre alt. Viele Jahre lang hatte sie sich nicht mehr verlieben können. Die Sorgen hatten alle Wünsche verdrängt. Und nun stand sie vor einem Konflikt und wußte nicht, wie sie ihn lösen sollte.

Sie las Herberts Brief Katharina vor.

»Wunderbar!« sagte Katharina. »Ich freue mich für dich, Mutti. Jetzt bist du nicht mehr allein. Der Mann paßt zu dir.«

»Ich weiß nicht«, sagte Anna. »Er ist so jung. Bestimmt zehn Jahre jünger als ich. Dabei sieht er noch jünger aus... wie ein Abiturient oder Student. Was würden die Leute sagen, wenn er hier auftaucht?«

»Was kümmern dich die Leute, Mutti? Denen bist du doch gleichgültig, die tun nichts für dich. Und hier ist ein Mensch, der an dir hängt, der dich ehrlich mag. Und er spielt so schön Geige, sagst du. Wohnen seine Angehörigen auch in Frankfurt?«

»Er hat keine Angehörigen mehr. Er ist ganz allein auf der Welt.«

»Wie traurig!« Katharina sagte es in flüchtigem Mitgefühl. »Dann soll er halt zu uns gehören. Er könnte uns in juristischen Fragen beraten, sich um deine Pension kümmern, die Sache mit der Lebensversicherung in Angriff nehmen.«

»Du vergißt eines, Katharina: Er ist in mich verliebt, und er betrachtet mich schon als einen Teil seines Lebens.

Er hat sogar beim Professor in Frankfurt angerufen, als ich dort war. Das war mir richtig peinlich.«

»Aber wir brauchen einen Mann!« beharrte Katharina. »Sonst machen die hier mit uns, was sie wollen. Du brauchst einen Mann, Mutti!«

Anna zuckte die Schultern. »Ich brauche keinen Mann, ich habe ja dich, Katharina.«

Katharina seufzte. »Du machst es einem ganz schön schwer, Mutti...«

Herbert schrieb täglich. Liebesbriefe voller Sehnsucht und Zärtlichkeit.

Anna begann auf die Briefe zu warten, sie freute sich an ihnen, aber sie konnte sich nicht entschließen, sie zu beantworten.

»Ich sehe schon, das wird nichts!« tadelte Katharina sie. Und dann brachte sie eines Tages einen Brief aus Salzburg mit nach Hause und schwenkte ihn triumphierend durch die Luft. »Rat mal, von wem der ist, Mutti?«

»Ich weiß es nicht...«

»Er ist für dich! Alte Liebe rostet nicht. Er ist von Sternegg! Dr. Leopold Sternegg, Privatdozent für Frauenheilkunde an der Universität Wien.«

»Sternegg?« wiederholte Anna. »Der lebt noch?«

Sie erinnerte sich an Leopold Sternegg. Sie hatte ihn einmal geliebt, sie hatte um ihn geweint, um ihn gelitten; das war in Königsberg gewesen, im Krieg, als Martin in Stalingrad vermißt war und sie ihn tot glaubte. Es schien Ewigkeiten zurückzuliegen, als sei es in einer anderen Welt passiert. Sternegg war damals Militärarzt gewesen, sie hatten ihn nach Königsberg versetzt. Ein schöner Mann, groß, imponierend, selbstsicher und arrogant. Ganz unbewußt verglich Anna ihn mit Herbert. Wie jungenhaft wirkte Herbert im Vergleich zu Sternegg, im Vergleich zu dem Bild, das sich Anna von Sternegg bewahrt hatte. Ihr fiel auch ein, daß sie eigentlich nie einen jungen Mann geliebt hatte. Martin war 20 Jahre älter als sie gewesen, Sternegg sicherlich fünfzehn.

»Nun lies endlich, was er schreibt«, drängte Katharina. »Die Buben und ich mochten ihn ja nicht besonders, obwohl er uns immer Süßigkeiten mitbrachte. Er war uns zu arrogant, zu eingebildet. Woher weiß er nur, daß ich in Salzburg zur Schule gehe?«

»Das werden wir gleich erfahren«, sagte Anna und öffnete den Brief. »›Liebstes Annerl! Von Chefarzt Hänschen aus Königsberg erfuhr ich genaustens von Deinen Lebensumständen. Und da die Post über die Grenze hinweg noch immer nicht pünktlich funktioniert, habe ich mir erlaubt, diesen Brief an Katharina zu adressieren. Ich möchte jetzt nicht viele Worte machen, ich möchte Dir nur sagen, wie gern ich Dich wiedersehen möchte. Ich bin am Mittwoch in Salzburg und erwarte Dich um drei Uhr nachmittags im Tomaselli...‹«

Anna ließ den Brief sinken. »Mittwoch? Heute ist Montag. Soll ich fahren? Was ziehe ich an? Sternegg ist ein eleganter Mann aus reicher Familie, und er kennt mich aus einer Zeit, als es uns noch gutging.« Sie las weiter: »›Ergebenste Handküsse – immer Dein Leopold.‹«

»Immer Dein?« Anna schüttelte lächelnd den Kopf. Sie wollte ihn gern wiedersehen. Vielleicht brachte dieses Wiedersehen eine Wende? Vielleicht mußte sie dann nicht immer an Herbert Pauli in Frankfurt denken, der sich in ihrem Kopf und in ihrem Herzen eingenistet hatte.

»Ich fahre!« sagte Anna entschlossen.

»Prima, Mutti!« stimmte Katharina zu. »Vielleicht will er dich heiraten, jetzt, wo du frei bist.«

»Ideen hast du, Katharina!« sagte Anna. »Warum willst du mich unbedingt an den Mann bringen?«

»Warum nicht? Du kannst doch nicht immer allein bleiben, dazu bist du noch zu jung und schön.«

»Ich verstehe dich nicht, Kind!« sagte Anna.

Anna fuhr nach Salzburg. Sie zog wieder das Kostüm an, das sie in Schwalbach getragen hatte. Dazu die blaue Hemdbluse und die Perlenkette.

In Salzburg holte Katharina sie auf dem Bahnhof ab. Sie hatte die Schulpause benutzt, um mit der Mutter zusammen zu sein. Sie war ganz blaß vor Aufregung. Ihre Augen wirkten riesengroß in dem schmalen Gesicht. Sie umarmte die Mutter. »Schön bist du! Freust du dich auf Sternegg? Du siehst so ernst aus, Mutti?«

»Ach, Katharina, dieses Wiedersehen nach all den Jahren unter ganz veränderten Umständen. Was weiß man, ob das alles einen Sinn hat...«

»Ich habe für euch ein Doppelzimmer in einem Hotel bestellt«, sagte Katharina fast atemlos. »Es ist kein feines Hotel. Aber es gab nirgends was Besseres.«

»Ein Hotelzimmer?!« Anna sah sie bestürzt an.

»Ja. Willst du denn nicht über Nacht in Salzburg bleiben?« fragte Katharina. »Ich habe das für selbstverständlich gehalten.«

»Ich bin gar nicht darauf eingerichtet«, sagte Anna immer noch erschrocken. »Ich habe nicht einmal eine Zahnbürste dabei. Und überhaupt...«

Katharina hakte sich bei der Mutter ein, und sie bummelten durch den Mirabellgarten an der Salzach entlang bis zu Katharinas Schule.

Katharina küßte die Mutter zum Abschied. »Viel Glück, Mutti!« Anna ging langsam den Weg zurück zum Kaffeehaus Tomaselli. Ihre Gedanken waren bei Katharina, deren Verhalten sie nicht verstand. Warum drängte Katharina sie zu einem Mann? Fürchtete sie nicht, daß ihr ganzes Leben anders werden würde, wenn Anna eine feste Bindung einging? Und dann das Hotelzimmer! Es war unerhört, daß Katharina so weit vorgriff, daß sie so bestimmt das Leben der Mutter steuern wollte...

Nein, Anna begriff ihre Tochter nicht. Und sie waren doch sonst immer ein Herz und eine Seele gewesen, hatten sich ohne Worte verstanden. Was ging in dem Kind vor?

Anna betrat das Kaffeehaus und schaute sich suchend um. Und dann sah sie Sternegg. Sie erkannte ihn sofort. Er sah blendend aus, braungebrannt, vornehm wie eh und je. Nun erhob er sich und lächelte ihr zu. Er war sehr schlank geworden, wodurch er noch aristokratischer wirkte. Er kam Anna ein paar Schritte entgegen und küßte ihr die Hand.

»Annerl!« sagte er mit seiner samtigen Stimme. »Annerl!«

Anna sah ihn an. Von seiner äußeren Erscheinung her verkörperte er alles, was sie in ihrer Jugend als Idealbild eines Mannes angesehen hatte.

Sie setzten sich.

»Trinkst einen Schwarzen, Annerl?« fragte er.

»Ja, gern«, antwortete sie.

Sie war befangen. Die alte Vertrautheit aus verliebten Tagen stellte sich nicht so rasch ein. Sie wußte nicht, was sie sagen sollte. Und sie spürte, daß ihre Hände zu zittern begannen, wie immer, wenn sie nervös war.

Sternegg meisterte die Situation ohne Verlegenheit. Er langte über den Tisch, nahm ihre Hände und küßte sie. »Lieb schaust aus, Annerl! Von Chefarzt Hänschen habe ich erfahren, wie tüchtig du bist. Eigene Werkstatt, Heimarbeiter! Chefin bist du geworden. Du beschäftigst hundert Leute, hat mir Hänschen geschrieben. Wo hast du das nur gelernt? Ich bewundere dich. Ich habe noch gar nichts geschafft, ich muß mich schämen. Mit der Dozentur an der Uni ist es nichts mehr. Es ist ja alles zerstört. Ich weiß noch gar nicht, wohin ich soll. Irgendwo eine Praxis aufmachen? Hier im Salzburger Land? Schau, Annerl, vor dir sitzt ein armer Mann. Ich habe alles verloren durch den Krieg. Sogar meine kostbare Bildersammlung, die ich auf dem Erbhof meiner Mutter ausgelagert hatte und die ich dort sicher glaubte, ist ausgeplündert worden. Ein echter Dürer war drunter. Alles verloren, alles verloren. Das hat euer Hitler fertiggebracht, auch uns Österreicher ins Unglück zu stürzen...«

Er redete ausführlich über die Verluste, die er erlitten hatte, beklagte immer wieder seine Armut und wirkte auf Anna plötzlich müde, mutlos – alt, obwohl er lächelte. »...das einzige, was mir geblieben ist, ist mein Jagdrevier in der Steiermark. Es ist für mich so verflixt schwer, einen neuen Anfang zu finden. Ich bin halt verwöhnt von früher her. Das sagt Renata auch. Ich wohne übrigens bei ihr in Pörtschach.« Er lachte ein wenig, als ob er sich über sich selbst amüsierte. »Ich bin halt kein Kämpfer wie ihr Deutschen. Du, Annerl, hast es geschafft. Kannst du mir nicht einen guten Rat geben?«

»Ich habe es geschafft?« wiederholte Anna. »Du solltest mein blaues Schulheft lesen, Leopold. Ich bin im Flüchtlingslager gelandet. Weißt du, was das bedeutet. Gemeinschaftsverpflegung, Anstehen mit einem Napf in der Hand, Gemeinschaftsarbeiten wie Kartoffelschälen und Toilettenputzen... Vorher war ich Krankenschwester auf Schloß Elmau. Bevor ich ins Lager ging, habe ich an vielen Türen geklopft. Aber wenn man drei Kinder hat, werden die Türen ganz schnell wieder geschlossen. Man hört Ausreden, bis einem klar wird, daß einem niemand hilft, daß man sich allein helfen muß. Und das versuche ich eben. Ich muß es. Solange Martin noch in russischer Kriegsgefangenschaft war und uns schrieb, sagte ich oft zu den Kindern: ›Wartet nur, bis der Vater heimkommt. Dann wird alles wieder gut. Er eröffnet eine Praxis, sorgt für uns...‹ Als dann die Todesnachricht kam, war ich völlig verzweifelt. Aber das Leben geht weiter. Wir können uns nicht hinsetzen und jammern. Damit ist uns nicht geholfen. Die Mädchen und jungen Männer, die bei mir in der Werkstatt arbeiten, sind alle heimatlos. Auch sie klagen nicht. Sie sind froh, daß sie die Aufenthaltsgenehmigung und Lebensmittelkarten von der Gemeinde erhalten, daß sie Arbeit haben, in einem warmen Raum. Wir singen bei der Arbeit. Natürlich gibt es auch Stunden, in denen sie traurig sind. Aber sie bemühen sich tapfer zu sein... Ach, Leopold, was weißt du schon von dem Leben, das ich angeblich geschafft habe? Der Anfang war so bitter. Schwierigkeiten über Schwierigkeiten. Bis ich überhaupt die Erlaubnis erhielt, eine Werkstatt einzurichten – das ist eine Geschichte für sich. Und was glaubst du, wie mir zumute war, wenn die Kinder mir von den Butterbroten erzählten, die ihre Mitschüler verzehrten. Ich konnte ihnen kaum etwas Gutes geben. Wir sahen die großen Obstgärten der Villenbesitzer. Im Frühsommer blühten die Bäume, weiß, hellrosa, dunkelrot, wunderschön. Und im Herbst begann die Obsternte. Wir blieben oft am Gartenzaun stehen in der Hoffnung, daß einmal ein Apfel über den Zaun fallen würde. Aber wir hatten kein Glück. Körbe und Kisten standen randvoll gefüllt im Garten. Einmal faßte ich mir ein Herz und bat die Besitzerin des Anwesens: ›Bitte, schenken Sie mir doch drei Äpfel für meine drei Kinder!‹ Sie sah mich an, hob die Brauen und sagte in einem beleidigenden Tonfall: ›Wir brauchen die Äpfel zum Einwecken.‹ – Sie ließ mich einfach stehen. So eine Demütigung vergißt man nicht, Leopold. Und dann mein Geburtstag am 2. Dezember. Seit Wochen hatten die Kinder gebastelt, Bilderrähmchen aus Riedgras geflochten, Söckchen und Topflappen gestrickt – auch die Buben, Tannenäste vergoldet, Kerzen aus Wachsresten gezogen. Alles, um mir eine Freude zu machen. Es sollte ein Fest für mich werden. Bevor sie zur Schule gingen, hatte Katharina den Frühstückstisch gedeckt, und sie zündete gerade die Kerzen an, als es an die Tür klopfte. Ich öffnete. Vor mir stand ein Polizist. Er schob mich beiseite. ›Alle Kisten, Koffer und Schränke aufmachen!‹ befahl er. Es wurde nichts mit dem festlichen Geburtstagsfrühstück. Die Kinder gingen bleich und entsetzt zur Schule. Der Polizist riß alles auf. Ich wußte immer noch nicht was das bedeuten sollte. Er warf meine Unterwäsche auf einen Haufen, ebenso einen silbernen Schöpflöffel, auch die Schreibmaschine. Dann sagte er: ›Alles gestohlen!‹ Ich widersprach ihm, aber es nützte nichts. Er beschlagnahmte die Sachen und nahm sie mit, obwohl ich ihm erklärte, woher sie stammten und daß sie mein Eigentum wären. ›Das kann jeder sagen!‹ fuhr er mich barsch an. ›Gestohlen haben Sie's!‹ Das war die schlimmste Demütigung, die mir je widerfahren ist, Leopold. Später bekam ich die Sachen zurück, der Landrat von Berchtesgaden brachte die Geschichte in Ordnung, und ich erfuhr, daß mich eine Lagerinsassin fälschlich denunziert hatte, eine Ostpreußin übrigens, was mir besonders schmerzlich war...«

Anna hielt inne. Sie bemerkte, daß Sternegg ihr mit wachsendem Unbehagen lauschte. Die Welt, die sie schilderte, war ihm fremd. Er wollte nichts davon hören. Darum sagte Anna: »Aber das ist nun vorbei, und ich habe auch viele gute Menschen getroffen. Wir lassen also den Kopf nicht hängen, wir sind oft fröhlich. Berthold ist der fröhlichste von uns allen. Sein Optimismus ist sehr hilfreich. Tobias ist still, er sitzt meistens in seiner Ecke und liest. Und Katharina, meine Katharina, sie ist ein Schatz!«

Sternegg langte wieder über den Tisch und küßte Annas Hände. »Ich bewundere dich, Annerl!« Er schaute auf seine Uhr. »Wie lange bleibst du in Salzburg? Wann geht dein Zug? Weißt du, wir schlendern noch durch die Stadt, bis zu deiner Abfahrt... Ich muß dich immer anschauen, Annerl. Schön bist du. Denkst du noch manchmal an die Zeit in Königsberg? An die Vorlesungen in der Universität? Kunstgeschichte bei Professor Worringer? Und an die Heimwege bei klirrender Kälte? Du hast da immer gesagt: ›Die Küsse in der Kälte schmecken besser als in der Wärme des Zimmers‹... Für mich war die Zeit mit dir ein Traum. Herrlich, einmalig. Und wenn wir zwei Musik hörten, Schallplatten, Richard Wagner, Tristan und Isolde...« Er sang leise: »Sink hernieder, Nacht der Liebe, gib Vergessen, daß ich lebe. Nimm mich auf in deinen Schoß, löse von der Welt mich los...«

Anna hörte ihm zu.

Es war schön, ihn schwärmen zu hören mit seiner tiefen schmeichelnden Stimme. Versunkene Bilder tauchten auf. Eine Nacht der Liebe hatte es nie gegeben. Nur Zärtlichkeiten, Küsse, verliebte Worte. Worte, viele schöne Worte. Und es würde auch heute keine Nacht der Liebe geben, das wußte Anna. Sie sagte nichts von dem Hotelzimmer, das Katharina eigenmächtig bestellt hatte. Sie sagte überhaupt nicht mehr viel.

Er plauderte. Von Pörtschach, von der alten Freundin Renata und von ihrem Haus am See.

»Wer ist Renata?« fragte Anna.

Er nannte einen Namen aus dem österreichischen Uradel. Dann fragte er eher beiläufig nach den schulischen Leistungen ihrer Söhne. »Wirst du mit ihnen fertig, Annerl? Magst du sie nicht in ein Internat geben?«

»Nie, nie!« sagte Anna heftig. »Du hast keine Kinder, Leopold. Du weiß nicht, wie Kinder einem ans Herz wachsen.«

»Ich habe nie aufgehört, dich zu lieben, Annerl«, sagte er. »Drei Kinder! Das bedeutet eine große Verantwortung…« Es klang gedankenverloren wie ein Seufzer, als ob er mehr zu sich selbst spräche. Dann kehrte er wieder zu seinen Erinnerungen an die Zeit in Königsberg zurück. »Was macht deine Freundin, Frau von Enkendorf? Ist ihr Mann, der Generalfeldmarschall, noch immer im Internierungslager bei den Amerikanern? Chefarzt Hänschen hält ja Verbindung mit den Kollegen. Ich fahre heute noch an den Wolfgangsee, um eine frühere Patientin zu besuchen, die dort ein Hotel hat… Aber, Annerl, wir müssen uns bald wiedersehen. Ich kann dir gar nicht sagen, wie sehr ich mich über unser Wiedersehen freue. Du gibst mir durch deine bloße Anwesenheit Stärke, deine Tatkraft strömt auf mich über, es wird schon werden, Annerl…«

So redete und redete er, während sie im Kaffeehaus saßen, und als sie später Arm in Arm durch die Gassen wanderten. Nun war Anna doch stolz, an seiner Seite zu gehen. Mit seinem Lodenmantel, dem Gamsbart auf dem Trachtenhut, seiner hohen, stattlichen Gestalt, wirkte er wie ein stolzer, aber leutseliger Erzherzog.

Auf dem Bahnhof nahm er Anna in die Arme, drückte sie fest an sich und küßte sie auf die Wangen. »Behüt dich Gott, Annerl! Bis bald. Meine Adresse hast du ja… Entweder Wien oder Pörtschach…«

»Leb wohl, Leopold!« sagte Anna.

Er winkte dem davonfahrenden Zug dann noch lange nach.

Anna setzte sich in eine Ecke. Sie war froh, daß sie niemand von den Mitreisenden kannte. Sie wollte jetzt nicht sprechen. Eine große Traurigkeit ergriff sie, das Gefühl, eine Niederlage erlitten zu haben. Was hatte sie sich eigentlich von dem Wiedersehen versprochen? Sie hatte vorher nicht darüber nachgedacht. Sie war nach Salzburg gefahren, mit einem Herzen voll unbestimmter Hoffnungen, und der Wunsch, sich ganz von Herbert zu lösen, hatte dabei irgendwie auch eine Rolle gespielt. Aber sie hatte nichts überlegt, nichts geplant...

Es war schon dunkel, als sie zu Hause anlangte. Die Kinder erwarteten sie.

»Du bist schon zurück?« fragte Katharina vorwurfsvoll.

»Ja«, sagte Anna.

»Und was ist mit dem Hotelzimmer?«

Anna gab ihr keine Antwort.

»War wohl nichts?« fragte Katharina hartnäckig weiter.

Anna schwieg.

»Ist er immer noch so hochnäsig wie früher?« wollte Berthold wissen. »Ist er jetzt Professor an der Uni in Wien?«

»Nein«, sagte Anna. »Wie viele Männer seines Alters hat ihn der verlorene Krieg aus der Bahn geworfen. Er ist noch auf der Suche nach einer Existenz. Er wohnt bei einer Gräfin, die glaubt, viel verloren zu haben. Aber Haushälterin, Gärtner, Stubenmädchen, Chauffeur – die hat sie immer noch. Sternegg spricht viel von seiner Armut, ich glaube, er weiß gar nicht, was Armut ist. Wie froh wären wir, wenn wir eine Jagdhütte hätten, die uns gehört, aus der uns keiner vertreiben kann. Und einen eigenen Wald! Noch während des Krieges hat er dort vier Jäger beschäftigt...« Sie verstummte, weil aufkeimende Bitterkeit sie zu überwältigen drohte, und weil sie bemerkte, daß Tobias nach einem Buch griff, was bei ihm ein untrügliches Zeichen dafür war, daß er sich innerlich abwandte.

Katharina lachte plötzlich, als wollte sie die Stimmung auflockern. Und sie sagte in gezwungener Fröhlichkeit: »Du, Mutti, es ist ein Brief für dich da. Aus Frankfurt. Du weißt schon von wem.«

»Laß ihn liegen«, sagte Anna. »Ich bin müde.«

»Mach ihn doch auf!« bettelte Katharina. »Ich lese ihn dir vor.« Tobias klappte sein Buch zu und verschwand hinter dem Spind.

»Nicht heute«, sagte Anna fest. »Heute will ich von keinem Mann etwas wissen. Wir brauchen keinen Mann. Wir haben uns. Ein Mann würde nur stören. Solange wir zusammenhalten, ist alles gut...«

4.

Am nächsten Tag lasen Mutter und Tochter gemeinsam Herberts Brief. Die Jungen waren nicht daheim.

Vor Katharina hatte Anna keine Hemmungen, ihr vertraute sie ihre geheimsten Regungen an. Vor ihren Söhnen dagegen verbarg sie ihre Gefühle. Vor allem vor Berthold, der zu Eifersucht neigte und immer alles wissen wollte, was die Mutter dachte. Und Tobias – vor ihm hatte Anna Respekt.

Herberts Brief war eine einzige Liebeserklärung:

›Mein Engelsgesicht! Ich habe immer noch keine Nachricht von Dir. Dein Schweigen macht mir Angst. Hast Du mich vergessen? Das darf nicht sein! Ich will Dir gehören, nur Dir. Wir müssen uns bald wiedersehen. Ich habe vor, am nächsten Wochenende nach Reichenhall zu kommen. Schreib mir, ob es Dir recht ist. Ich liebe Dich – Dein Herbert.‹

»Ich weiß nicht, was ich tun soll«, sagte Anna. »Ich brauche Zeit, um mich zu entscheiden. Die Briefe sind schön, ich möchte sie nicht entbehren. Aber wenn Herbert hier erscheint... was würde das für ein Gerede im Lager geben!«

Katharina machte eine geringschätzige Handbewegung. »Sollen sie doch klatschen! Da stehen wir drüber, turmhoch drüber. Laß Herbert kommen, Mutti. Ich möchte ihn auch kennenlernen. Du bist zu jung, um allein zu bleiben.«

»Im Augenblick fühle ich mich aber sehr alt«, sagte Anna.

Katharina stand auf und drehte das Radio an. Eine Frauenstimme sang: »...mein Herz sagt ja, doch mein Verstand sagt nein...«

Katharina lachte hell auf. »Da hörst du es, Mutti!«

Auch Anna mußte lachen.

»Mutti«, fuhr Katharina fort. »Ich muß dir übrigens etwas beichten, ich habe mir ein möbliertes Zimmer in Salzburg genommen. Bei sehr netten Leuten. Sie heißen Cella. Er ist ein hoher Regierungsbeamter. Sie haben fünf Kinder, die ich beaufsichtigen soll, wenn die Eltern abends ausgehen. Ich werde mit den Kindern auch die Schulaufgaben machen. Deshalb brauche ich keine Miete zu zahlen. Ich teile mein Zimmer mit dem jüngsten Kind, es ist noch ein Baby.

»Katharina!« rief Anna fassungslos. »Du stellst mich wieder einmal vor vollendete Tatsachen! Du mietest dir ein Zimmer, ohne mich vorher zu fragen? Dann kann ich dich ja nicht mehr jeden Abend vom Bahnhof abholen und mich auf dich freuen...«

»Das ist doch nicht schlimm«, unterbrach Katharina. »Du hast ja die Buben, und freitags komme ich immer heim, dann kannst du mich abholen. Über das Wochenende bleibe ich hier. Und Montag früh fahre ich wieder nach Salzburg. Du kommst ja sowieso einmal in der Woche zum Unterricht in meine Klasse. Schau, Mutti, so ist es einfacher für mich. Ich brauche nicht jeden Morgen in aller Herrgottsfrühe aufzustehen. Weißt du, ich möchte auch mal etwas mit den Studenten unternehmen, ein Konzert, eine Kunstausstellung besuchen. Ich bin achtzehn, ich bin kein Kind mehr...«

Anna stiegen Tränen in die Augen. »So schnell kann ich mich nicht damit abfinden, Katharina. Ich hatte ja keine Ahnung, daß du so etwas planst. Wie bist du denn an die Cellas gekommen?«

»Durch Sebastian!« erklärte Katharina kurz.

»Sebastian?«

»Ja, Sebastian Steinwieser. Ich habe ihn dir doch mal gezeigt, Mutti. Er ist in der Bildhauerklasse. Der netteste aus der ganzen Schule. So, jetzt weißt du es! Jetzt setz dich hin und schreib an deinen Herbert!« schloß Katharina das Thema ab.

Aber Anna schrieb nicht.

Ja, sie sehnte sich nach Herbert. Besonders jetzt, da Katharina wegwollte.

Herbert! Anna weigerte sich, ihre Gefühle für ihn Liebe zu nennen. Sie erfand andere Worte: Freundschaft, Seelenverwandtschaft, Sympathie, Zuneigung. Aber das half nichts. Sie brauchte ihn, sie brauchte einen Menschen, der nur ihr gehörte. Und das versprach er ihr in seinen Briefen. Mit Herbert konnte sie über alles reden, ihm konnte sie ihre Sorgen rückhaltlos anvertrauen. Dabei kannte sie ihn doch erst so kurze Zeit.

Am Freitag erhielt sie einen Brief von Sternegg. Als sie seine Schrift sah, wurde ihr bang. Eine Vorahnung warnte sie. Sollte sie den Brief lesen oder ihn beiseite legen? Wenn Sternegg ihr jetzt einen Antrag machte und Zukunftspläne entwarf? Was wurde dann mit Herbert?

Zögernd öffnete sie den Brief.

Nur ein halber Bogen, dünnes Papier, Schreibmaschinenschrift, eilig getippt.

›Meine süße Madonna! Ich habe Dir eine wichtige Mitteilung zu machen. Ich werde heiraten. Ich erzählte Dir von der alten Freundin in Pörtschach, die ich schon von Jugend auf kenne. Damals stand ihr übergroßer Reichtum zwischen uns. Jetzt, da Euer Hitler unser beider Vermögen verpulverisiert hat, passen wir besser zueinander. Wir sind etwas gleichaltrig. Renatas Enkelkinder sind ungefähr so alt wie Deine Buben. Ich werde Dich und die zauberhafte Zeit in Königsberg nie vergessen, Annerl! Ergebenste Handküsse, Dein Leopold.‹

Anna mußte sich setzen. Eine jähe Schwäche überfiel sie. Sie starrte auf den Briefbogen, sie konnte den Inhalt nicht fassen. Sicher, Sternegg hatte ihr nichts versprochen. Aber er hatte doch zumindest Andeutungen gemacht. Was hatte er gesagt? ›Ich habe nie aufgehört, dich zu lieben, Annerl!‹ Worte, nichts als schöne Worte. So war es immer gewesen mit Sternegg, schon in Königsberg.

Warum hatte er nicht den Mut aufgebracht, ihr schon in Salzburg von seiner bevorstehenden Heirat zu erzählen? Vermutlich hatte er Anna um das Wiedersehen gebeten, um ihr seinen Entschluß mitzuteilen, um ihre Beziehung zueinander zu klären. Aber er hatte alles in der Schwebe gelassen, um ihr nicht weh zu tun. Er hatte es sicher gut gemeint, gut mit Renata, gut mit Anna – und vor allen Dingen gut mit sich selbst.

Es war fruchtlos, darüber nachzudenken.

Annas Gesicht glühte vor Scham, wenn sie an das Hotelzimmer in Salzburg dachte, in dem sie – wenn es nach

Katharinas Wunsch gegangen wäre – die Nacht mit Sternegg verbracht hätte.

Anna knüllte den Brief zusammen und verbrannte ihn. Sie nahm sich vor, nie mehr daran zu denken, nie mehr! Er sollte ausgelöscht sein, es hatte ihn nie gegeben. Sie erzählte auch Katharina nichts davon. Zum ersten Mal ließ sie ihre Tochter nicht an ihren Gefühlen teilhaben.

Und sie faßte einen Entschluß: Sie wollte raus aus dem Lager, raus aus dem Milieu! Endlich eine Wohnung mit eigener Küche und eigenem Bad! Keine Lagerverpflegung mehr, keine Wasserkannen mehr schleppen, um eine geliehene Zinkbadewanne zu füllen, kein Anstehen mehr an der schmutzigen Gemeinschaftstoilette.

Auf einmal erschien ihr die Atmosphäre im Lager unerträglich. Sie konnte nicht mehr begreifen, wie sie es hier so lange hatte aushalten können. Nein, und sie konnte es auch den Kindern nicht länger zumuten. Vielleicht ging Katharina deshalb fort, weil ihr das Leben hier zuwider war...

Anna sah sich im Zimmer um, das sie mit einfachsten Mitteln liebevoll gestaltet hatte. Es gefiel ihr nicht mehr. Es war alles zu primitiv.

Schon am nächsten Morgen fuhr sie nach Berchtesgaden zum Landratsamt, um sich um eine Wohnung zu bewerben.

Am Wochenende war Anna mit Katharina allein. Die Jungen waren nach Traunstein gefahren, um an einem Jugend-Tennisturnier teilzunehmen.

Anna war froh, daß sie die Tochter endlich wieder einmal für sich hatte. Als sie gerade beisammen saßen, klopfte jemand an die Tür.

»Ja!« sagte Anna und stand auf, unwillig über die Störung. Sie öffnete die Tür und trat erschrocken einen Schritt zurück. Vor ihr stand Herbert.

Er trug eine Brille mit dunkler Hornfassung, die sie vorher nicht an ihm gesehen hatte.

Sie starrte ihn an, brachte kein Wort heraus.

Auch er schien verlegen. Er rückte an seiner Brille und versuchte zu scherzen: »Guten Tag, Anna! Wie gefällt dir meine Doktorenbrille? Ich habe sie für dich gekauft. Sehe ich damit nicht würdig aus?«

Anna war nicht in der Lage, auf den Scherz einzugehen. Herbert schien ihr fremd und völlig fehl am Ort. Unwillkürlich fiel sie in das formelle Sie zurück: »Wie haben Sie uns gefunden?«

»Ich habe doch deine Anschrift.«

»Und wo wohnen Sie?«

»In einem kleinen Hotel am Kirchberger Bahnhof«, sagte er. Und enttäuscht fügte er hinzu: »Du freust dich nicht über mein Kommen, Anna?«

Anna freute sich wirklich nicht. Nur ein Gedanke schoß ihr durch den Kopf: Ein Glück, daß die Buben nicht da sind! Sie standen immer noch wie angewurzelt an der Tür.

Jetzt trat Katharina hinzu. Sie lächelte charmant. »Kommen Sie doch herein, Herr Pauli. Ich bin Katharina, die Tochter. Meine Mutter hat mir schon viel von Ihnen erzählt. Wir freuen uns über Ihren Besuch...« Sie schaute Anna an, die stocksteif dastand, und lächelte wieder: »Kommen Sie, Herr Pauli! Sie kommen gerade recht zum Kaffee.«

»Ich habe einen Kuchen mitgebracht«, sagte er. »Einen Gugelhupf.«

Katharina lachte. »Das ist wunderbar!« Sie nahm ihm den Mantel ab, den er über dem Arm trug, und führte ihn in Annas Refugium.

Anna stolperte hinterher. Sie war immer noch wie benommen.

»Das ist ja reizend hier!« sagte Herbert bewundernd. »Richtig künstlerisch und originell.«

»Das hat alles meine Mutter gemacht«, sagte Katharina. »Eine Freundin von uns meinte, hier könne eine chinesische Prinzessin wohnen.«

»Das finde ich auch«, stimmte Herbert ihr zu.

Anna hörte stumm dem munteren Geplauder zu.

»Jetzt brühe ich aber den Kaffee auf«, verkündete Katharina fröhlich. »Würden Sie mir bitte den Kuchen geben, Herr Pauli?«

Er langte in die Tragetüte und brachte den Kuchen und einen kleinen Strauß roter Buschrosen zum Vorschein.

Anna fand endlich ihre Sprache wieder. »Oh, die Rosen müssen ins Wasser, sonst verwelken sie...«

»Ich mach' das schon, Mutti!« Katharina nahm den Strauß und ließ die beiden allein.

»Warum hast du mir nicht auf meine Briefe geantwortet, Anna?« fragte Herbert leise.

Anna sagte nichts. Sie war plötzlich gereizt und müde. Sie fühlte sich der Situation nicht gewachsen. Nur mit größter Anstrengung hielt sie die Tränen zurück. Sie hätte am liebsten laut geschluchzt.

Er nahm sie in die Arme. »Ich liebe dich, Engelsgesicht. Ich mußte mich vergewissern, daß es dir gutgeht. Ich möchte deine Kinder kennenlernen. Sei doch nicht so ängstlich, es tut dir ja niemand etwas...«

Katharina kam aus der Küche, und Anna löste sich aus Herberts Umarmung.

Schließlich saßen sie zu dritt am Kaffeetisch.

Katharina war ungewöhnlich lebhaft und gesprächig. Ihre Augen leuchteten. Sie lachte viel, erzählte von der Schule, zeigte ihre Arbeiten: Keramiken, bemalte Holzdosen, Puppen. Sie wies auf den Engelskopf an der Wand.

»Den hat Mutti gemacht, obwohl sie es nie gelernt hat. Mutti ist sehr talentiert.«

»Das glaube ich gern«, stimmte Herbert zu. »Ihre Mutter ist eine Künstlerin.«

Anna saß still neben ihm. Sie konnte nicht sprechen, sie hatte nur einen Wunsch: Herbert möge fortgehen, zurück nach Frankfurt, wo er hingehörte.

Von der Verzauberung, die sie in Schwalbach empfunden hatte, spürte sie nichts mehr.

»Kann man hier irgendwo tanzen?« fragte Herbert.

Anna zwang sich zu einer Antwort. »Das weiß ich nicht.«

»Aber Mutti!« griff Katharina lachend ein. »Bei Schaubitzer spielt doch eine Kapelle. Da müßt ihr hingehen! Ich kann leider nicht mit, ich habe heute abend Chorprobe.«

Sie wandte sich an Herbert. »Ich habe gehört, daß Sie Geige spielen, Herr Pauli. Ich spiele Klavier. Schade, daß Sie Ihr Instrument nicht mitgebracht haben. Wir hätten zusammen musizieren können. Mutti liebt Musik.«

Herberts Gesicht strahlte auf. Er nahm Annas Hand und küßte sie. »Ich habe meine Geige im Hotel. Morgen bringe ich sie mit«, erklärte er.

Anna wurde es allmählich leichter ums Herz.

Am Abend gingen sie ohne Katharina zu Schaubitzer.

Zum Glück war das Lokal nur schwach besucht. Anna atmete auf. Sie sah keine bekannten Gesichter.

Nur Felix thronte an der Bar. Er war dort Stammgast und trank gern ein paar Gläser über den Durst.

Felix war Arzt, Flüchtling aus Schlesien, wo er ein Schloß besessen hatte. Er trug stets ein Monokel, und er pflegte Anna mit liebenswürdigen Bosheiten zu necken, sobald er ihrer ansichtig wurde.

So auch diesmal.

Er begrüßte Anna, während Herbert nach einem Tisch Ausschau hielt, der abseits vom Tanztrubel stand.

»Gratuliere, Gnädigste!« näselte Felix beschwipst. »Da haben Sie aber einen schicken Kavalier aufgerissen. Ein bildschöner Student, toll.«

»Er ist kein Student«, erwiderte Anna. »Er ist schon Assessor.«

»Na, sowas!« Felix ließ verwundert das Monokel aus dem Auge fallen. »Interessanter Typ. Eine Figur wie ein junger Gott. Gute Rasse hält auf Taille. Wenn ich eine Frau wäre... von dem möchte ich ein Kind haben.« Er lachte schallend über seinen eigenen Witz. »Passen Sie nur auf, Gnädigste, daß man Ihnen den nicht wegschnappt!«

»Jetzt ist es aber genug!« schalt Anna, obwohl sie lachen mußte.

Felix klemmte wieder sein Monokel ein. »Viel Vergnügen, meine Gnädigste!«

»Danke«, sagte Anna. »Ich werde die ganze Nacht tanzen.«

»Nennt man das heutzutage tanzen?« fragte Felix unschuldsvoll.

Frecher Kerl! dachte Anna, als sie mit beschwingten Schritten zu Herbert ging.

Herbert sah ihr entgegen. Er freute sich, weil sich ihre Starre gelöst hatte. Sie tranken Wein.

»Wie gefällt dir meine Katharina?« fragte Anna.

»Reizend!« sagte er.

»Es freut mich, daß du Katharina magst. Zu einem Menschen, der meine Kinder nicht gern hat, fände ich keine Brücke.« Sie taute immer mehr auf und erzählte von ihrer Fahrt nach Berchtesgaden. »Das muß ich als nächstes schaffen: eine eigene Wohnung. Es ist schwierig, ich habe nur wenig Geld. Ich verwende alles, was ich verdiene, für die Ausbildung der Kinder.«

Herbert nahm ihre Hand. »Komm, laß uns tanzen...« Sie ließen keinen Tanz aus. Herbert war ein ausgezeichneter Tänzer, das wußte Anna schon von Schwalbach her. Er tanzte leidenschaftlich gern.

Und Felix beobachtete sie von seinem Platz an der Bar aus. Er lächelte amüsiert, sein Monokel blitzte.

Anna mußte jedes Mal lachen, wenn sie zu ihm hinüber sah. Sie war glücklich.

Auf dem Heimweg nahm Herbert sie in die Arme und küßte sie. »Ich liebe dich, ich liebe dich«, flüsterte er.

Katharina war noch wach, als Anna das Zimmer betrat. Anna setzte sich zu ihrer Tochter auf den Bettrand. »Wie gefällt dir Herbert?«

»Gut«, sagte Katharina. »Sehr gut! Nach deinen Schilderungen habe ich ihn mir ganz anders vorgestellt – schmächtig, unscheinbar. Und dabei ist er ein so toller Mann.«

»Wirklich, Katharina? Ist das deine ehrliche Meinung? Wenn er nur nicht so jung wäre...«

»Ach was«, sagte Katharina. »Das mit dem zu jung ist eine fixe Idee von dir, Mutti. Mit Herbert Pauli kannst du dich überall sehen lassen.«

Am Sonntag kam Herbert zum Frühstück. Er brachte seine Geige und Noten mit.

Sie hatten keinen Notenständer. Deshalb hielt Katharina das Notenblatt. Sie stand da mit ausgebreiteten Armen. Wie ein singender Engel sah sie aus.

Herbert spielte eine Romanze von Beethoven. Anna betrachtete die beiden. Und plötzlich durchzuckte sie ein

Gedanke: Eigentlich paßt Herbert viel besser zu Katharina als zu mir. Wenn sie sich nun in ihn verliebt? Und er sich in sie? Das wäre schlimm...

Aber als sie dann später mit Herbert durch die Wiesen wanderte, hatte sie alle Zweifel vergessen. Sie gingen Hand in Hand, so, wie es sich Herbert in seinen Briefen gewünscht hatte. Sie begegneten kaum einem Menschen. Der Himmel war blau, die Sonne schien, die Berge waren nah, in der Ferne läuteten Kirchenglocken. Anna wurde es andächtig ums Herz. Sie erzählte von dem Dorf ihrer Kindheit am Ufer des Mains, von den Weinbergen, von dem Kapellchen am Waldrand. »Wie oft habe ich dort gekniet vor dem Bild der Mutter Gottes. Sie war meine einzige Vertraute, sie flehte ich um Hilfe an, wenn ich in Not war. Und das war oft der Fall. Ich wurde streng erzogen. Im Lehrerhaus, bei Weises, nicht bei meinen Eltern. Ich hatte eine harte Kindheit, ohne Liebe, ohne Zärtlichkeit, ohne Freundinnen. Ich wurde schon früh mit Pflichten überhäuft. ›Das Leben ist kein Vergnügen sondern eine schwere Aufgabe!‹ pflegte Frau Weise zu sagen. Dieser Satz hat mich für mein ganzes Leben geprägt. Ich mußte das Lachen erst lernen...« Anna hatte bisher noch niemandem von ihrer Kindheit erzählt. Nicht einmal mit ihrem Mann hatte sie darüber gesprochen. Selbst ihre beste Freundin, Sybille von Enkendorf, wußte nichts davon, und ihre Kinder auch nicht, nicht einmal Katharina.

Und bei Herbert, den sie kaum kannte, schloß sie sich auf.

»Warum belaste ich dich mit meinen traurigen Erinnerungen?« sagte Anna. »Du bist der erste Mensch, dem ich meine vernarbten Wunden zeige. Ich begreife mich selbst nicht.«

»Du kannst mir alles sagen, Anna«, sagte er. »Alles. Ich danke dir für dein Vertrauen.«

Am Abend fuhr er nach Frankfurt zurück.

Tobias und Berthold waren zu Annas Erleichterung noch nicht heimgekehrt, so daß sie Herbert nicht begegneten.

Anna brachte Herbert zum Bahnhof.

»Ich weiß, daß du einen anderen Mann verdienst als mich«, sagte er beim Abschied. »Aber ich liebe dich, und ich werde dich lieben, solange ich lebe.«

Erwartete er, daß auch sie ihm ihre Liebe beteuerte? Das konnte sie nicht.

Sie lächelte und schwieg.

Er wollte sie küssen, aber sie wich zurück. »Nicht hier!«

Er zögerte die Trennung bis zum letzten Augenblick hinaus und sprang dann auf den anfahrenden Zug. »Es war so schön!« rief er noch.

»Ja!« rief sie.

Trotzdem fiel ihr ein Stein vom Herzen, als er fort war. Ja, sie brauchte ihn, seine Briefe, seine Küsse, die Gespräche, das Tanzen. Er gab ihr das Gefühl, jung und begehrenswert zu sein. Aber in Reichenhall wollte sie ihn nicht haben. Nicht hier! Hier waren die Kinder, die Werkstatt, die Angestellten, die Heimarbeiter, die wenigen Freunde. Hier war kein Platz für Herbert.

5.

Anna war in Salzburg. Sie wollte die Familie Cella kennenlernen, bei der Katharina wohnte, und am Keramikunterricht in Katharinas Klasse teilnehmen, da sie mit dem Gedanken spielte, eine Büste anzufertigen.

Als sie vor der Schule stand, entdeckte sie das Fahrrad ihrer Tochter. Es lehnte an der Hauswand zusammen mit einem Herrenfahrrad. Um die beiden Vorderräder war eine eiserne Zugkette geschlungen, die mit einem Vorhängeschloß gesichert war. Der Anblick gefiel ihr nicht. War hier ein Bund geschlossen worden?

Anna begann zu grübeln: Katharina war nach Salzburg gezogen, sie drängte die Mutter zu einer Bindung, sei es mit Sternegg, sei es mit Herbert. Wollte Katharina frei sein, sich von der Mutter lösen?

Unsinn! dachte Anna. Katharina ist ja noch ein Kind...

Die Tochter lief auf die Mutter zu und küßte sie auf die Wange. »Tag, Mutti. Schön, daß du da bist!«

Anna deutete auf die Fahrräder. »Das ist doch deins, Katharina. Wem gehört das andere?«

»Sebastian!«

»Welchem Sebastian?«

»Sebastian Steinwieser! Ich habe ihn dir doch vorgestellt, Mutti«, sagte Katharina ungeduldig.

Das stimmte, sie hatte ihn ihr vorgestellt, aber Anna hatte dem keine Bedeutung beigemessen. »Ach der! Er hat dir das Zimmer bei Cellas besorgt... Seid ihr oft zusammen?«

»Ja, jeden Tag! Wir arbeiten zusammen. Sebastian gehört zu den Menschen, wie du sie magst, Mutti. So wie die Künstler in Nidden auf der Kurischen Nehrung in Ostpreußen, wie der Maler Karl. Sebastian ist gelernter Buchdrucker und Grafiker. Er kann alles, es ist phantastisch. Er bearbeitet jedes Material: Holz, Leder, Ton, Stein, Eisen, Papier. Sein stärkstes Talent liegt im Malen und Zeichnen. Und er ist ein guter Sohn. Er unterstützt seine Mutter, sie hat nur eine kleine Rente. Sebastian war nicht auf dem Gymnasium, er hat kein Abitur. Deshalb bildet er sich in Abendkursen fort. Er ist nicht nur begabt, er ist auch fleißig, ehrgeizig – ein einmaliger Mensch, viel reifer als die anderen Jungen...«

»Wie alt ist er denn?« unterbrach Anna sie.

»Ein Jahr älter als ich. Aber sein Alter spielt doch gar keine Rolle.«

Anna fuhr sich über die Stirn und sagte langsam: »Nun ja, eine Jugendfreundschaft...«

»Nein, Mutti! Es ist uns ernst. Sebastian und ich, wir gehören zusammen. Zur Zeit hat er eine Ausstellung.« Katharina zog eine Zeitung aus der Tasche. »Hier! Sie feiern ihn als jungen begnadeten Künstler. Heute nachmittag gehe ich hin. Komm doch mit, Mutti!«

»Gern«, sagte Anna steif.

An diesem Tag konnte sich Anna nicht auf die Arbeit in der Keramikklasse konzentrieren. Sie dachte immer an Katharina und Sebastian, gegen den sie sich jetzt schon wehrte. Sie war traurig, weil Katharina vor ihr Geheimnisse hatte. Und noch ein anderer Gedanke nagte an ihr: Sie machte sich Vorwürfe, weil sie Katharina schon als Kind zu viel Verantwortung aufgebürdet hatte – für die Familie, für die Werkstatt. Anna hatte ihre Tochter stets wie eine Erwachsene behandelt. Kein Wunder, daß sie jetzt schon so selbständig geworden war.

Sebastians Ausstellung fand in den Räumen einer Schule statt. Anna wanderte von Bild zu Bild: Aquarelle, Ölbilder, Landschaften, Porträts, Zeichnungen in Kohle, Bleistift, Rötel. Es war beeindruckend. Nicht nur die künstlerische Qualität der Bilder. Er hatte auch die Rahmen selbst gemacht, er war ein guter Handwerker. Und mit welch sicherem Geschmack er die Bilder gehängt hatte! Da stimmte alles, Licht, Harmonie der Anordnung, Formate.

Anna sah sich Sebastian Steinwieser genauer an. Besonders anziehend wirkte er nicht auf sie. Sie sah einen jungen Burschen, hochgewachsen, knochig, mager, unfertig. Er hatte dunkles welliges Haar, ein bleiches Gesicht, unreine Haut und brennende kohlschwarze Augen.

Schön waren seine Hände, das mußte Anna zugeben, kräftige gutgeformte Hände mit mattbrauner Haut, Bildhauerhände. Er trug eine schwarzblaue Samtjacke mit zu kurzen Ärmeln, graue Kniebundhosen, ein weißes Hemd mit offenem Kragen, derbe Haferlschuhe und weiße handgestrickte Kniestrümpfe. Wie ein Hirtenbub aus dem Salzburger Land, dachte Anna.

Trotz seines einfachen Aufzuges strahlte er Selbstbewußtsein aus. Er war ein besonderer Mensch, das erkannte Anna sofort. Aber das machte ihn ihr nicht sympathischer. Für ihre Tochter wünschte sie sich einen anderen Mann.

Sebastian begrüßte Anna höflich, aber kühl. »Grüß Gott, gnädige Frau!«

Er hielt den Kopf zur Seite geneigt. Um seinen Mund spielte die Andeutung eines spöttischen überlegenen Lächelns.

»Sie haben sehr viel gearbeitet«, sagte Anna. »Wann haben Sie das nur alles gemacht neben Ihrem Beruf? Alle Achtung!«

Sein Lächeln vertiefte sich, aber er sagte nichts.

Katharina stand neben ihm, nervös und stolz. Ihre Augen wanderten von Sebastian zur Mutter.

Ein persönliches Gespräch kam nicht zustande. Sebastian verhielt sich wortkarg.

Als Katharina später die Mutter zum Bahnhof begleitete, fragte sie: »Wie findest du ihn?«

Anna hob die Schultern. »Ach, Katharina! Sicher – er hat Talent, er ist tüchtig, anständig. Aber ich fürchte, er hat einen schwierigen Charakter. Du wirst noch viel Männer kennenlernen, Männer, wie dein Vater einer war. Ich möchte gern, daß du nach deinem Examen für einige Zeit ins Ausland gehst, um deine Sprachkenntnisse zu vervollkommen.«

»Ich gehe nicht weg!« brauste Katharina auf. »Setz dir das gar nicht erst in den Kopf, Mutti. Ich bleibe in Salzburg, bei Sebastian...« Und dann brach es aus ihr heraus: »Du nimmst ja nur Anstoß an seiner Kleidung, und daß er arm ist und kein Akademiker. Sebastian ist eben nicht wie Herbert. Herbert legt Wert auf seine Kleidung, das sieht man. Kaschmirsakko, Krawatte und so weiter. Das sind alles nur Äußerlichkeiten. Die lehnen wir ab. Über solche Nebensächlichkeiten reden wir gar nicht. Ich will keinen Akademiker, keinen Beamten. Ich brauche einen Menschen mit schöpferischem Geist, mit dem ich arbeiten kann. Sebastian ist ein Genie!«

Anna fuhr voll Sorgen um Katharina heim. Aber dann beruhigte sie sich selbst: Die beiden sind so jung, da läuft noch viel Wasser die Salzach hinunter...

Zu Hause fand Anna Post vor. Es war die Einladung zu einem Kongreß der Europa-Union in Frankfurt. Die Fahrkarte erster Klasse, das Programm und die Zimmerbuchung im Hotel Frankfurter Hof lagen bei.

Die Aussicht, Herbert wiederzusehen und interessante Leute zu treffen, hob ihre Stimmung. Sie schob die Sorgen um Katharina beiseite und schrieb einen Brief an Herbert. Es war kein Liebesbrief. Sie teilte ihm nur den Zeitpunkt ihrer Ankunft mit.

Als Katharina am Freitag aus Salzburg kam, erwähnte Anna Sebastian mit keinem Wort. Auch Katharina vermied das Thema.

Anna reiste nach Frankfurt. In München mußte sie umsteigen. Auf dem Bahnsteig waren schon einige Herren der Europa-Union versammelt, die Anna begrüßten.

Einer der Herren fiel ihr auf. Sie glaubte sein Bild in der Zeitung gesehen zu haben. Er war kein schöner Mann.

Aber irgendwie wirkte er bedeutend. Gedrungene Gestalt, runde rosige Wangen, breite Stirn und kleine listige Augen. Er hätte auch ein Großbauer sein können. Die vollen Lippen zeugten von Sinnlichkeit. Er war etwa fünfzig Jahre alt.

Er schien sich seiner Prominenz bewußt zu sein und gab sich leutselig, während die anderen Kongreßteilnehmer ihn umwarben. Immer wieder ließ er verstohlen seine Augen zu Anna wandern, die sich abseits hielt. Schließlich sprach er sie an: »Gnädige Frau, wir haben Glück, daß die einzige Dame in unserem Kreis eine so schöne Frau ist. Mein Name ist Lachner.« Jetzt entsann sich Anna: Ludwig Lachner, ein einflußreicher Politiker aus München!

Anna erfand sogleich einen Namen für ihn. In Gedanken nannte sie ihn nur den ›Mächtigen‹.

»Wo kommen Sie her?« fragte er.

»Ich versuche in Berchtesgaden-Reichenhall eine Jugendgruppe der Europa-Union aufzubauen«, antwortete Anna. »Ich habe zwei Söhne, die mir dabei helfen.«

Sie reichte ihm die Hand. Er behielt sie in der seinen, während er augenzwinkernd weitersprach: »Da sind wir ja Kollegen und werden uns häufig sehen«, er senkte die Stimme, »was mich sehr freut.«

Anna errötete und entzog ihm ihre Hand. »Ich glaube, unser Zug ist eingelaufen, Herr Lachner.«

Sie sah den Mächtigen erst am nächsten Morgen wieder, als sie in Frankfurt anlangten und er aus dem Schlafwagenabteil trat.

Vor der Sperre wurde er von einer Delegation erwartet.

Er wandte sich Anna zu. »Ich sehe Sie heute abend beim Fest im Palmengarten, gnädige Frau. Sie sitzen an meinem Tisch. Und wir wohnen ja im gleichen Hotel. Ich weiß inzwischen schon viel von Ihnen, auch, wo Sie der Schuh drückt. Ich habe mich erkundigt. Bis bald, ich freue mich...« Er entfernte sich, umdienert von dem Empfangskomitee.

Anna sah ihm nach. Der Mächtige gefiel ihr.

Erst jetzt entdeckte sie Herbert. Er hatte eine rote Rose in der Hand.

Als er Anna in die Arme schloß, fühlte sie, wie die Verzauberung der Schwalbacher Tage sie wieder zu umfangen begann. Wieder fühlte sie sich jung, frei, voller Hunger nach Leben und Liebe, sogar glücklich. Und als Herbert sagte: »Es war nicht einfach, ein Zimmer für dich zu finden, aber ich habe eins gefunden«, da vergaß sie ganz und gar, daß im Frankfurter Hof ein reserviertes Zimmer auf sie wartete.

Es war früher Morgen, dunstig und naßkalt. Sie liefen durch die Straßen einer zerstörten Stadt.

Aber das alles deprimierte Anna nicht. Sie hielt Herberts Hand in der ihren, und das genügte ihr. Wo waren die Sorgen um die Buben, um Katharina, um die Werkstatt? Sie verflogen mit jedem Schritt.

Herbert hatte ein Pensionszimmer im Westen der Stadt gemietet, in einer Villengegend, die von Bomben verschont geblieben war. Das Zimmer entsprach allerdings nicht der schönen Fassade des Hauses. Es lag im Parterre, war kalt und klamm, durch das kleine Fenster sickerte trübes Licht.

»Es gefällt dir wohl nicht, Engelsgesicht«, meinte Herbert betreten, »aber ich habe nichts Besseres gefunden.«

»Ist schon gut«, sagte Anna. Es kam ihr gar nicht in den Sinn wie elegant sie im Frankfurter Hof hätte wohnen können.

»Ich könnte auch hier bleiben, damit du dich nicht einsam fühlst«, sagte Herbert. »Es ist noch ein Zimmer frei.«

»Das möchte ich nicht!« Anna ging zu dem kleinen Fenster und schaute in einen verwilderten Garten. Er erinnerte sie an den Garten ihres Elternhauses. Auch er war immer ungepflegt gewesen.

Herbert trat hinter sie. »Ich habe mir heute frei genommen, ich möchte dir gern die Stadt zeigen. Frankfurt war früher eine schöne Stadt, eine reiche Stadt, eine freie Reichsstadt...« Und kurz darauf wanderten sie durch schöne Grünanlagen bis zum Rathaus, zum Goethehaus, in die Altstadt, am Main entlang, dem Fluß ihrer Kindheit.

Herbert war ein guter Führer. Über jede Sehenswürdigkeit wußte er eine Geschichte zu erzählen.

Vor dem Gerichtsgebäude blieb er stehen. »Es ist nur provisorisch hergerichtet. Im Krieg wurde es zerbombt. Es wird daran gebaut, wie du siehst. Ach, Anna, du ahnst nicht, wie glücklich ich bin, daß ich dich bei mir habe. Ich möchte dir das Zimmer zeigen, in dem ich den lieben langen Tag hinter Aktenbergen vergraben bin. Vorher trinken wir eine Tasse Kaffee in der Kantine. Dort gibt es guten Streuselkuchen. Den leisten wir uns...«

Als sie nach einer Stunde die Kantine verließen, sagte Herbert: »Dort kommt mein Vorgesetzter, der Oberstaatsanwalt. Ich möchte dich ihm vorstellen.«

Anna wollte protestieren, aber es war schon zu spät.

Der Oberstaatsanwalt begrüßte Anna freundlich. »Ach, Sie sind Frau Ritter. Ich kenne Königsberg, ich habe dort studiert. Und ich war in Stalingrad wie Ihr Mann. Ich gehörte zu den wenigen, die dem Hexenkessel lebend entkamen.« Er fragte nach Annas Söhnen und nach Katharina. »Ich habe auch eine Tochter«, sagte er.

Seinen Worten entnahm Anna, daß Herbert seinen Vorgesetzten genau über sie unterrichtet hatte. Es war ihr peinlich. Und das Gefühl der Peinlichkeit steigerte sich noch, als sie beim Verlassen des Gebäudes einen Kollegen von Herbert trafen, der ebenfalls bestens orientiert zu sein schien.

»Unser guter Pauli ist wie verwandelt, seit er Sie kennt, Frau Ritter«, sagte er. »Er ist begeistert von Ihnen. Als er am Montag aus Reichenhall war und zum Dienst kam, machte er den Eindruck, als habe er über das Wochenende einen Rolls Royce gefahren...«

»Herbert«, sagte Anna behutsam, als sie allein waren, »ich möchte dich nicht verletzen. Aber so geht es nicht. Ich bin mit dir weder verlobt noch verheiratet. Du solltest deine Gefühle nicht so offen preisgeben. Es wäre mir lieber, du würdest nicht über mich sprechen. Weder im Dienst noch sonst...«

Er legte den Arm um sie. »Aber ich bin doch so glücklich mit dir!« Und ein wenig bitter fügte er hinzu: »Du willst dich nicht zu mir bekennen.«

»Muß ich das denn?« sagte sie. »Was ändert sich zwischen uns, wenn alles Leute es wissen? Sie würden es nicht begreifen, es mißdeuten, es falsch oder sogar häßlich auslegen, und ich würde darunter leiden.«

»Leiden sollst du meinetwegen nicht«, sagte er schnell. Er ging mir ihr durch den Grüneburg-Park bis ins Universitätsviertel und erzählte von dem reichen jüdischen Bankier, der diesen Park gestiftet hatte.

»Ich höre manchmal Vorlesungen bei Adorno und Horkheimer, Soziologie, Psychologie. Das sind kluge Männer. Wenn du einmal länger in Frankfurt bleibst, nehme ich dich mit...«

Das klang verlockend. Schon in Königsberg hatte Anna als Gasthörerin die Universität besucht.

Auf ihrem Spaziergang wurde Anna noch ein zweites Mal an Königsberg erinnert. Eine Kirche lag am Weg, eine evangelische Kirche. Neben dem Portal hing eine Tafel, auf der die Gottesdienste angezeigt wurden. Anna las den Aushang.

»Pfarrer Trepte?« sagte sie verwundert. »Ob das der Heerespfarrer aus Königsberg ist? Er hat meinen Berthold in der Schloßkirche getauft. Mein Mann war evangelisch, meine Kinder sind es auch. Ich bin katholisch, obwohl mich die Kirche ausgestoßen hat, weil ich es zuließ, daß meine Kinder evangelisch getauft wurden. Für mich gibt es keinen Unterschied zwischen den Konfessionen. Wir glauben alle an einen Gott...«

Am Abend war das Fest im Palmengarten.

Anna trug ein schlichtes schwarzes Kleid und dazu ihre Perlenkette. »Wie eine Königin siehst du aus!« meinte Herbert. »Ich passe gar nicht zu dir. Ich bin stolz auf dich.«

»Sag so etwas nicht«, winkte Anna ab.

Im Palmengarten hatte sie ihren Platz am Tisch des ›Mächtigen‹, während Herbert einen anderen Tisch zugewiesen bekam.

Nach der Begrüßungsansprache wurde ein bescheidener Imbiß angeboten.

»Sie sind mit Herrn Pauli gekommen?« fragte der ›Mächtige‹ und winkte Herbert herbei. »Setzen Sie sich doch zu uns«, forderte er ihn auf. Zu Anna gewandt, fuhr er dann fort: »Liebe Frau Ritter, erzählen Sie mir von Ihrer Werkstatt. Ich mag Frauen, die äußerlich anschmiegsam und sehr weiblich wirken, aber innerlich stark sind, die sich nicht unterkriegen lassen, die zupacken. So wie Sie! Ihr Mann war Generalarzt, habe ich gehört. Aber Sie sind sich nicht zu schade, mit den Händen zu arbeiten. Und Sie wahren auch im Flüchtlingslager Ihr Niveau.«

»Das Niveau lassen wir mal beiseite, Herr Lachner«, sagte Anna. »Und mit den Händen arbeite ich gern. Aber allmählich wird es Zeit, daß ich aus dem Lager rauskomme. Ich suche eine preiswerte Wohnung.«

Der ›Mächtige‹ hörte ihr aufmerksam zu. »Sie sind eine gescheite Frau. Und Sie haben wunderschöne Augen. Wir wollen mal sehen, was sich machen läßt.«

Nach dem Imbiß wurde getanzt. Eine Kapelle spielte.

Der ›Mächtige‹ erhob sich. »Tanzen Sie, Frau Ritter?«

Anna nickte.

Er führte sie in die Mitte des Saales.

Anna warf Herbert, der am Tisch saß und beobachtete, wie der ›Mächtige‹ ihr den Hof machte, einen Blick zu. Herbert benahm sich so, wie sie es wünschte. Er ließ sich nicht das geringste von seinen Gefühlen anmerken.

Der ›Mächtige‹ war kein guter Tänzer. Er hielt Anna fest an sich gedrückt und trottete mit ihr nach dem Takt der Musik durch den Saal. Seine listigen Augen zwinkerten vergnügt, während er belanglose Scherze von sich gab und Anna ein Kompliment nach dem anderen machte. Dann brachte er Anna an den Tisch zurück.

Anna öffnete ihre Handtasche. Eine Visitenkarte fiel ihr entgegen. Sie trug Herberts Namen. Darauf stand: ›Du mußt Dich entscheiden, jetzt, sofort, für mich oder für den anderen Mann. Beim nächsten Tanz will ich es wissen. H.‹

Der ›Mächtige‹ verabschiedete sich. Er habe noch eine Besprechung, sagte er. »Ich sehe Sie ja heute noch in unserem Hotel, Frau Ritter...« Er gab Anna seine Telefon- und Zimmernummer und legte einige Geldscheine vor sie hin. »Bitte, erledigen Sie das für mich«, er machte eine kreisende Armbewegung, »was hier am Tisch verzehrt worden ist, geht auf meine Rechnung. Ach ja, und die Quittung nicht vergessen...«

»Das kann ich nicht für Sie erledigen, Herr Lachner«, erwiderte Anna lachend. »Vielleicht ist Herr Pauli so liebenswürdig.«

Der ›Mächtige‹ beugte sich zu ihr herab und zischelte: »Sie kleine Hexe, Sie!«

Anna unterdrückte mühsam ein Kichern.

Von nun an tanzte sie jeden Tanz mit Herbert. Jetzt war die Verzauberung vollständig. Der Kongreß und der ›Mächtige‹ wurden Anna gleichgültig, sie wollte nur tanzen, tanzen, tanzen... Nach dem Fest gingen sie zu Fuß den weiten Weg bis zu der Pension. Anna taten die Füße weh in ihren dünnen Ballschuhen. Taxis fuhren vorbei, aber Herbert hielt keines an.

Vor der Pension nahm er sie in die Arme. »Muß ich wirklich gehen?«

»Ja!« sagte Anna fest.

»Wirklich?« wiederholte er.

»Ja!«

Er küßte sie und wandte sich dann zögernd zum Gehen.

Am nächsten Tag sah Anna den ›Mächtigen‹ wieder. Er war nicht so vergnügt wie am Vorabend, er überhäufte Anna nicht mit Komplimenten. Er war verstimmt. Den Grund konnte sie sich denken.

Er fragte nicht, wo Anna übernachtet hatte, er blieb höflich und distanziert, aber er ließ sie seine Verärgerung spüren.

Herbert rechnete mit ihm ab, gab ihm den Rest des Geldes und die Quittung.

Der ›Mächtige‹ schaute unwirsch auf das Geld. Dann polterte er los: »Warum habt ihr das denn nicht ausgegeben? Zum Essen, zum Trinken! Habt's euch wenigstens ein Taxi genommen?«

»Frau Ritter wollte das nicht!« erwiderte Herbert trocken.

Anna blieb noch zwei Tage in Frankfurt, hörte zahllose Referate über die Europa-Union und verlebte romantische Stunden mit Herbert. Sie gestattete ihm nicht, mit in ihr Pensionszimmer zu kommen. Sie umarmten sich auf Parkbänken, und sie waren auch so sehr glücklich.

Aber dann reiste sie nach Reichenhall zurück, und nichts war entschieden. Anna glaubte, ihr Leben teilen zu können, in zwei Kreise, die sich nicht berührten: In Frankfurt wollte sie sich als verliebtes junges Mädchen fühlen, in Reichenhall als Mutter und hart arbeitende Frau.

6.

Von Herbert kamen viele Briefe.

›...mein Beruf ödet mich an. Ohne Dich ist alles trostlos. Ich komme bald zu Dir, das mußt Du mir erlauben. Bitte, schreib mir, und wenn es nur ein paar Zeilen sind...‹

»Jeden Tag ein Brief aus Frankfurt!« bemerkte Berthold kritisch. »Was ist das für ein Mann? Was will der von dir, Mutti?«

»Ach, weißt du, Berthold, Herr Pauli berät mich in juristischen Fragen – wegen meiner Pension. Und ich möchte einen Roman schreiben und ich spreche mit Herrn Pauli über den Stoff, ich kann das nicht allein. Daher die vielen Briefe. Ich kann dir ja vorlesen, was er schreibt: ›...der Aufbau eines Romans entspricht in etwa dem Aufbau einer Sonate oder einer Symphonie, die aus vier oder fünf Sätzen besteht und sich sozusagen in Rede und Gegenrede entwickelt. Man muß darauf achten, daß die Gewichte richtig verteilt sind, das Wesentliche betont, das Unwesentliche zurückgehalten wird...‹«

»Das reicht schon!« unterbrach Berthold. »So ist das also.« Er war mit der Antwort zufrieden.

»Ja, so ist das«, sagte Anna.

Sie wiederholte den Vorwand mit dem Roman so oft, daß sie am Ende selbst daran glaubte.

Tobias fragte nichts, er schaute die Mutter nur an, nahm ein Buch, setzte sich in seine Ecke und las.

Das Leben ging weiter. Es wurde Herbst, gelbe Blätter taumelten von den Linden, die Buchen loderten rot, im Kurpark bildete das herabfallende Laub einen dichten bunten Teppich.

An einem Samstag erschien ein imposanter Herr im Lager und fragte nach Anna. Anna kannte ihn vom Sehen, und sie wußte auch seinen Namen: Dr. Roon, ein reicher Brauereibesitzer.

Er sah sich in Annas Zimmer um, das jetzt als Werkstatt diente, blickte auf die langen Tische, an denen die Arbeiterinnen Röcke für Rauschgoldengel falteten, Engelflügel aus Gold- und Silberpapier schnitten, Strohsterne flochten, hölzerne Engelköpfchen mit niedlichen Gesichtern bemalten.

»Frau Ritter«, sagte Dr. Roon, »ich bin gekommen, um Ihnen Grüße von Herrn Lachner aus München zu bestellen...«

Anna verschlug es den Atem. Der ›Mächtige‹! Er hatte sie nicht vergessen!

»...und um Ihnen eine Wohnung in meinem Haus anzubieten. Vorher allerdings möchte meine Frau Sie und Ihre Kinder kennenlernen. Wir haben bereits eine Flüchtlingsfamilie in unserem Haus. Einen russischen Fürsten aus Georgien – ein Schulfreund von Stalin.« Er schaute sich noch einmal in der Werkstatt um. »Hier können Sie wirklich nicht bleiben. Wie lange sind Sie schon im Lager?«

»Seit Kriegsende«, sagte Anna.

»Aha! Ja, dann bis heute abend, Frau Ritter... Bitte, noch eine Frage: Sind Sie katholisch?«

Anna war sofort klar, daß die Zugehörigkeit zur katholischen Kirche für Dr. Roon entscheidend war. »Ja, ich bin katholisch«, antwortete sie und besänftigte ihr sich regendes Gewissen, indem sie dachte: Das ist nicht gelogen, ich bin katholisch, meine Kinder sind zwar evangelisch, aber sie gehen oft mit mir in die katholische Kirche...

Dr. Roon nickte und ging.

Anna setzte sich auf einen Stuhl und barg das Gesicht in den Händen. Die Aussicht, aus dem Lager herauszukommen, war überwältigend. Und sie dachte dankbar an den ›Mächtigen‹, der sie nicht vergessen hatte, obwohl sie ihn enttäuscht hatte.

Am Abend lernten sie Frau Roon kennen, eine kleine Frau mit sanften Gesichtszügen. Wie ein Heiligenbild sah sie aus. Sie begrüßte Anna freundlich, betrachtete der Reihe nach Katharina, Tobias und Berthold. »Euch kenne ich ja schon. Ihr singt so schön im Kirchenchor in der Nicolai-Kirche...«

Die Nicolai-Kirche war eine katholische Kirche.

Frau Roon führte ihre Gäste aus der weiten Halle durch verschiedene Zimmer in ihren Salon.

Diese Villa schien der Krieg nie berührt zu haben. Möbel, Teppiche, Gemälde, Antiquitäten – alles strömte Reichtum und satte Bürgerlichkeit aus. Der Salon vermittelte fast den Eindruck einer Kapelle. Reliquien, fromme

Bilder, Rosenkränze hingen an den Wänden. In einer Ecke war ein Altar aufgebaut mit Tabernakelschrank, Heiligenstatuen und geweihten Kerzen.

Frau Roon nahm Katharina bei der Hand. »Sehen Sie das Foto auf dem Altar, Kind? Das ist mein einziger Sohn. Er ging als ganz junger Soldat nach Rußland, und wir haben nie wieder etwas von ihm gehört. Trotzdem erwarte ich ihn täglich. Bei Tisch wird für ihn immer ein Gedeck mit aufgelegt. Ich gebe die Hoffnung nicht auf. Ich bete jeden Tag für meinen Sohn. Beten hilft...«

Also hatte der Krieg auch hier sein Opfer gefordert!

Die Zimmer, die Frau Roon Anna und ihren Kindern zugedacht hatte, lagen in der Mansarde. Ein großer Raum und angrenzend zwei schmale Kammern mit schrägen Wänden.

»Bad, Toilette und Kochgelegenheit sind auf dem Flur, Frau Ritter. Die haben Sie mit dem Fürsten zusammen. Er wohnt mit seiner Frau auf derselben Etage. Möbel stelle ich Ihnen zur Verfügung...«

»Ich habe einen Bauernschrank, an dem ich sehr hänge«, sagte Anna, »eine Anrichte und einige Kleinmöbel, die ich selbst bearbeitet und bemalt habe. Ich hätte die Sachen gern um mich, sie haben für mich ideellen Wert. Wenn Sie bitte erlauben...«

»Aber bitte, bitte, gern, Frau Ritter!«

Anna einigte sich mit Frau Roon über die Miete und hörte die Bedingungen: »Mein Mann ist sehr nervös und braucht absolute Ruhe. Die Kinder dürfen nicht das Treppengeländer herunterrutschen. Ich weiß, daß es zum Rutschen einlädt. Besuche, die Lärm verursachen, müßten Sie verhindern, Frau Ritter...« Und so weiter und so weiter. Auch der parkartige Garten blieb den Kindern versperrt. Anna unterwarf sich widerspruchslos. Sie wagte einmal das Klavier zu erwähnen, das sie hatte mieten wollen.

Frau Roon stellte ihnen auch ihre Haushälterin vor. »Fräulein Reserl ist seit vielen Jahren bei uns. Bitte, wenden Sie sich mit allen Fragen an sie, Frau Ritter.«

Fräulein Reserl war eine ältere Frau mit harten Zügen und straff gekämmtem grauem Haar. Sie maß Anna mit geringschätzigen Blicken. Man merkte ihr an, daß sie die neuen Mieter als Eindringlinge empfand. Zu den Jungen sagte sie barsch: »Mit euch werde ich schon fertig!«

Frau Roon meinte begütigend: »Nun seien Sie nicht zu streng, Fräulein Reserl! Die Kinder singen im Kirchenchor...« und zu Anna gewandt, sagte sie: »Unser Fräulein Reserl betet auch viel für meinen Sohn, Frau Ritter.« Sie öffnete die Tür zur Speisekammer.

Anna preßte die Hand vor den Mund, um den Überraschungsruf zu unterdrücken, der sich aus ihrer Kehle drängte: Die Speisekammer war angefüllt mit Obst, geräuchertem Schinken, Gemüse, Konserven, Weckgläsern und Kästen mit Bierflaschen. »Das Bier ist unser Brot«, sagte Frau Roon. »Sie dürfen sich davon nehmen, so viel Sie wollen. Es kostet uns nichts und Sie auch nicht, Frau Ritter.«

»Danke, Frau Roon!« sagte Anna, aber sie wußte schon im voraus, daß sie niemals eine Flasche Bier nehmen würde, wenn sie ihr nicht angeboten würde.

Sie zogen an einem Montag ein. Katharina ließ sich für zwei Tage von der Schule beurlauben.

Mutter und Tochter bewältigten den Umzug allein. Die Angestellten im Lager und die Heimarbeiter hätten gern geholfen. Aber Anna wollte Frau Roon nicht zumuten, daß fremde Leute ihr Haus betraten. Und für Fräulein Reserl waren Flüchtlinge Zigeuner.

Sie schleppten die schwere, in eine Couch verwandelte Matratze, den Bauernschrank, die Anrichte, die schwarzen Kistenmöbel mit den goldenen Ornamenten die Treppen hinauf. Alle Möbelstücke hatten sie mit Decken umwickelt, um jedes Geräusch zu ersticken. Es war eine Schinderei. Im Haus ließ sich niemand blicken, obwohl es einen Gärtner, einen Chauffeur und drei Hausangestellte gab.

Die Buben beteiligten sich auf Annas ausdrücklichen Wunsch nicht am Umzug. Sie war immer bestrebt, ihre Söhne von den alltäglichen Miseren und Beschämungen fernzuhalten. Nur Katharina teilte alles Schwere mit der Mutter. Die Söhne wurden geschont. Das ging so weit, daß Anna beispielsweise die Fußbodendielen nur dann scheuerte, wenn ihre Söhne nicht im Haus waren.

Anna legte sich keine Rechenschaft darüber ab, warum sie so handelte. Fürchtete sie, der Stolz der Jungen könne leiden? Oder daß sie die Achtung vor der Mutter verlören, wenn sie grobe Arbeiten verrichtete?

Schließlich waren die Zimmer eingerichtet. Weißgescheuerte Dielen, ein grüner Kachelofen, um den eine Bank lief, die Möbel standen am rechten Platz: es war ein gemütliches Heim.

Anna und Katharina traten auf den Balkon, sahen hinunter in den verbotenen Garten, hinauf zu den Bergen und hinüber zum Flüchtlingslager, dem sie entronnen waren. Dort rief man zum Mittagessen, indem man zwei blecherne Kochtopfdeckel gegeneinander schlug.

»Ach, Mutti«, sagte Katharina, »diese Wohnung ist ein gewaltiger Fortschritt. Die Miete ist zwar nicht billig für unsere Verhältnisse, aber das schaffen wir schon.«

»Ja, die Miete ist ziemlich hoch«, bestätigte Anna. »Frau Roon hätte sie mir vermutlich erlassen, wenn ich gejammert hätte. Aber ich will keine Almosen. Die Werkstatt bleibt vorläufig im Lager. Sie macht mir Sorgen.«

Schon seit der Währungsreform waren die Umsätze zurückgegangen, seit das Geld wieder etwas wert war und es in den Geschäften plötzlich nicht mehr an Waren mangelte. Die Kunden kauften Annas Sachen nicht mehr. Anna mußte Leute entlassen und verfügte noch über einen großen Vorrat an Rauschgoldengeln, Sternen und Christbaumschmuck.

»Ich muß mich bald nach einer anderen Einnahmequelle umsehen«, überlegte Anna laut. »Die Buben brauchen das nicht zu wissen. Es wird mir schon etwas einfallen.«

»Ich mache ja bald mein Examen, Mutti«, tröstete Katharina sie, »dann helfe ich dir.« Sie lachte fröhlich. »Sebastian wird Augen machen, daß wir in einem so tollen Haus wohnen, Tür an Tür mit einem georgischen Fürsten!«

»Sebastian?« fragte Anna stirnrunzelnd.

»Ja, ich habe ihn eingeladen. Er kommt am Samstag mit dem Rad aus Salzburg...«

Anna lernte schnell, sich den veränderten Umständen anzupassen. Sie wurde zu einer fleißigen Kirchgängerin, was Frau Roon zu schätzen wußte.

Ihre Söhne gewannen im Handumdrehen die Sympathie des Gärtners, des Chauffeurs, und sogar Fräulein Reserl sagte: »Gut erzogen sind's, die Buben. Und falsch auch net. Sie tun mir net extra schön...«

Frau Roon schenkte ihnen von Zeit zu Zeit eine Tafel Schokolade und wenn sie das Papier entfernten, kam ein Zehn-Mark-Schein zum Vorschein. Das war viel Geld in der damaligen Zeit! Auch das erste Ballkleid, das Katharina erhielt, stammte aus Frau Roons Kleiderschrank.

Anna arbeitete es um, und so entstand ein Stilkleid aus grünem Voile mit schwarzen Spitzen, enger Taille und weitem gekraustem Rock.

Am Samstag kam Sebastian. Er trug wieder seine schwarzblaue Samtjacke, Kniebundhose und Haferlschuhe. Auf dem Gepäckträger seines Fahrrads hatte er einen Strauß aus Latschenzweigen und Silberdisteln befestigt, den er Anna überreichte.

Unter dem Arm trug er eine Rolle, die er Katharina gab. Es war ein Aquarell, das den Untersberg in sturmbewegter dunkler Herbstnacht darstellte. Die Farben waren noch frisch, ebenso frisch wie die Schrift am unteren Rand des Bildes: ›Auf dem Weg zu Dir...‹

Dunkel wie das Bild war auch seine Stimmung. Er schaute sich zuerst nur stumm in der Wohnung um. Dann war er aber zu den Buben sehr nett, und Anna stellte fest, daß er charmant sein konnte, wenn er wollte.

Anna begegnete er mit respektvoller Reserviertheit, er hatte wieder den Schatten eines spöttischen Lächelns um die Lippen, so als wüßte er, daß Anna ihn nicht mochte. Und das beruhte sicher auf Gegenseitigkeit. Er sah in Anna eine Feindin, das spürte sie genau. Man durfte ihm daraus keinen Vorwurf machen. Sicher hatte sich Katharina bei ihm beklagt, daß sie um ihrer Liebe willen leiden müsse, daß die Mutter sie bevormunde und unterdrücke... Er sprach während des ganzen Nachmittags kaum ein Wort, auch nicht mit Katharina, die den Kaffeetisch deckte und sich bemühte, ein Gespräch in Gang zu bringen, an dem alle sich beteiligen konnten. Sie zeigte ihm die Arbeiten der Mutter, winzige Krippenfiguren, Puppen mit Hanfzöpfen, Kulissen für ein Kasperletheater.

Sebastian sah sich die Arbeiten an, sagte aber nichts. Gegen Abend gingen sie zu Schaubitzer. Die Kapelle spielte, junge Leute drehten sich fröhlich im Tanz, unter ihnen auch Katharinas Schulfreunde aus ihrer Gymnasialzeit.

Am Tisch von Sebastian und Katharina wurde nicht gelacht, nicht gescherzt, nicht erzählt.

»Tanzen Sie doch mit Katharina, Sebastian«, forderte Anna ihn auf. Der stumme Gast ging ihr allmählich auf die Nerven.

»Ich tanze nicht«, sagte er. »Ich kann nicht tanzen.«

»Wie schade!« entfuhr es Anna. »Katharina tanzt so gern.«

Er lächelte sein sparsames, überlegenes Lächeln. »Ich mag nicht unter vielen Menschen sein und...« Er brach ab, als habe er schon zu viel gesagt.

»Partys mit seichtem Geschwätz und blödem Gekicher lehnen wir ab«, vollendete Katharina seinen Satz.

Schulfreunde kamen, um Katharina zum Tanz zu bitten. Aber sie winkte ab. »Nein danke, ich tanze nicht.«

Nachdem Sebastian wieder nach Salzburg zurückgeradelt war, sagte Anna zu Katharina: »Das war ja ein bedrükkender Abend! Ist Sebastian immer so schweigsam, so unzugänglich? Er raucht nicht, trinkt nicht, er ist ungesellig, er ist nicht fröhlich. Er lacht nicht. Worüber in aller Welt unterhaltet ihr euch nur, wenn ihr allein seid?«

»Ach, wir haben Gesprächsthemen genug. Mehr als genug. Wir reden über unsere Zukunft, unsere Arbeit. Bei uns gibt es keinen Leerlauf. Sebastian ist ein tiefveranlagter Mensch.«

»Mir kommt er sehr rechthaberisch vor«, meinte Anna.

»Er ist nicht rechthaberisch«, widersprach Katharina heftig. »Er hat einfach immer recht.«

Anna hatte das Gefühl, daß ihr Kämpfe bevorstanden.

Und so kam es dann auch.

Einige Tage später schlenderte sie mit Katharina durch die Ludwigstraße in Bad Reichenhall. An einer Litfaßsäule war ein Plakat angeschlagen, das für Eis am Stiel warb. Katharina blieb stehen und rief: »Schau mal, Mutti, das ist von Leupin!«

»Wer ist Leupin?« fragte Anna.

»Leupin ist ein berühmter Schweizer Grafiker. Er macht die besten Plakate und verdient irrsinniges Geld. Er kann sich alles leisten.«

»Nun, wenn er so berühmt ist...«

»Jetzt heißt es noch Leupin!« unterbrach Katharina sie mit hoher siegessicherer Stimme, »aber in einigen Jahren heißt es nur noch Steinwieser, Steinwieser. Das verspreche ich dir. Und wenn wir das erreicht haben, dann werde ich deinen Bekannten meinen Mann vorstellen, deiner sogenannten guten Gesellschaft, all diesen Akademikern und Adeligen. Wir werden es ihnen schon zeigen!« Und zornig fügte sie hinzu: »Gib's auf, Mutti! Gib's endlich auf! Du schaffst es nicht, Sebastian und mich auseinander zu bringen. Ich glaube an ihn, ich liebe ihn, und ich halte an ihm fest, solange ich lebe.«

Aber Anna gab nicht auf.

»Und deine Talente, Katharina? Du bist vielseitig begabt, du könntest Malerin werden, Bildhauerin, Sängerin, Schauspielerin...«

»Du verstehst mich nicht, Mutti!« erwiderte Katharina nur.

Es schmerzte Anna, daß die Tochter ihr entglitt. Es schmerzte sie so sehr, daß sogar Herbert und seine Briefe in den Hintergrund traten. ›Ich will Sebastian nicht!‹ schrieb Anna in das blaue Schulheft. ›Ich will nicht, daß Katharina mit ihm womöglich arm wird, so arm, wie ich es als Kind, als junges Mädchen gewesen bin. Ich will eine andere, eine schöne, sorgenfreie, eine reiche Zukunft für Katharina...‹

Den georgischen Fürsten bekamen sie nicht zu Gesicht. Die Fürstin sah Anna an der gemeinsamen Kochstelle auf dem Korridor. Sie war schon eine alte Dame und hatte immer ein liebenswürdiges Lächeln auf den Lippen. Niemals hörte Anna von ihr ein Wort der Klage. Für die Kinder fand sie freundliche Worte. Sie lebte völlig zurückgezogen und versorgte ihren kleinen Haushalt ohne Hilfe. Sie sprach akzentfreies Deutsch, beherrschte aber auch Französisch.

Einmal verwechselte Anna die Türen und betrat aus Versehen ein Schlafzimmer. In einem großen Bett saß ein Mann mit weißem Bart. Anna mußte sofort an Moses denken, an das Bild des Moses in der Sixtinischen Kapelle. Zwar war sie noch niemals im Vatikan gewesen, aber sie kannte den Moses von Michelangelo aus Bildbänden und aus den kunstgeschichtlichen Vorlesungen, die sie in Königsberg gehört hatte.

Das also war der Fürst! Er trug einen weißen Russenkittel aus Leinen mit bauschigen Ärmeln und gesticktem Stehbörtchen. Er schaute überrascht von dem Buch auf, in dem er gelesen hatte, und lächelte freundlich, als Anna eine Entschuldigung stammelte. Er hatte große ausdrucksvolle Augen und gepflegtes graues Haar, das ihm schütter bis auf die Schultern fiel. Er hob beruhigend die Hand und murmelte ein paar Worte, die Anna aber nicht verstand. Er sprach wohl russisch.

Es blieb das einzige Mal, daß sie dem Fürsten begegnete. Die Kinder sahen ihn nie, so daß sie schließlich gar nicht mehr an seine Existenz glaubten.

7.

Anna schlenderte, in Gedanken versunken, durch den Kurpark. Die Adventszeit rückte näher, und sie hatten nur noch wenig Geld.

»Grüß Gott, schöne Frau!« sagte eine tiefe Stimme.

Anna hob den Kopf. Vor ihr stand der ›Mächtige‹.

Sie hatte in der Zeitung gelesen, daß er auf einer Versammlung seiner Partei in Bad Reichenhall sprechen sollte, aber sie hatte nicht damit gerechnet, ihn zu treffen.

»So ein Zufall!« sagte er. »Unsere Wege kreuzen sich immer wieder. Es soll halt so sein...«

Anna reichte ihm die Hand. »Grüß Gott, Herr Lachner, ich freue mich, Sie zu sehen. Ach ja, die Wohnung! Ich bin Ihnen sehr dankbar. Ich weiß gar nicht, wie ich Ihnen danken soll.«

»Ich wüßte schon wie!« meinte er anzüglich.

Anna errötete. »Sie machen sich lustig über mich, Herr Lachner!«

»Keine Spur!« beteuerte er und zwinkerte ihr zu. »Nun, wie geht's? Ihre Geschäfte gehen wohl nicht besonders gut, gell?«

»Leider«, bekannte Anna.

Er wurde ernst. »Sie sollten ein Überbrückungsgeld bei der Regierungshauptkasse in München beantragen. Das steht Ihnen zu, bis die Frage Ihrer Pension geregelt ist.«

»Ich habe die Unterlagen beisammen«, sagte Anna, »und ich habe sie auch schon eingeschickt. Aber ich höre nichts. Die Herrschaften arbeiten dort anscheinend sehr säumig.«

Sie müssen persönlich vorsprechen, Frau Ritter. Berufen Sie sich auf mich. Sagen Sie den Leuten, ich hätte Sie beraten. Die sollen sich mal tummeln!« Er lachte. »Beamte sind auch Männer. Die erliegen Ihren schönen Augen genau wie ich.« Er sah sie an. »Jetzt wird sie wieder rot wie ein kleines Mädchen. Das gefällt mir.«

»Im allgemeinen erröte ich nicht so leicht, Herr Lachner«, sagte Anna, »aber bei Ihnen – ich kann's nicht erklären...«

»Ist auch nicht notwendig!« meinte er. »Ich bin jederzeit für Sie da, jederzeit. Melden Sie sich bei mir. Sie wissen ja, wo Sie mich finden, gell?«

»Ja«, sagte Anna.

Sie gingen nebeneinander her.

Wie einfach könnte ich es haben! dachte Anna. Wie viele Wege könnte er mir ebnen, wenn ich mich bereit fände, seine Geliebte zu werden. Bestimmt ist er verheiratet. Aber in meiner Situation dürfte ich eigentlich nicht wählerisch sein.

Sie fand ihn anziehend. Da war eine Spannung zwischen ihnen, die sie nicht recht deuten konnte, eine Spannung, die sie spüren ließ, daß sie eine Frau war, die begehrt wurde.

Sie betrachtete ihn von der Seite, sah die Tränensäcke unter den kleinen schlauen Augen, die roten sinnlichen Lippen, die lose Haut des Doppelkinns, die Leberflecke auf dem Handrücken. Ach nein, nein! Er war alt, verglichen mit Herbert war er alt. Und doch! Wenn es Herbert nicht gegeben hätte, dann vielleicht...

Als sie sich verabschiedeten, sagte er noch einmal eindringlich: »Ich bin jederzeit für Sie da! Vergessen Sie das nicht!«

»Ich bin Ihnen sehr dankbar, Herr Lachner«, sagte Anna und ärgerte sich, weil ihr schon wieder das Blut in die Wangen stieg. Er lachte. »Freilich, freilich, das mit der Dankbarkeit weiß ich nun schon...«

Nur wenige Tage später machte Dr. Roon Anna ein Angebot: »Ich fahre nach München, Frau Ritter. Sie haben dort bei der Regierungshauptkasse zu tun, nicht wahr? Ich bin den ganzen Tag beschäftigt. Sie vereinbaren am besten mit dem Fahrer Zeitpunkt und Ort, wo er Sie am Abend abholen kann.«

Anna fuhr mit.

Sie suchte die Stelle auf, und man versprach ihr, ihre Angelegenheit beschleunigt voranzutreiben. Geld erhielt sie nicht, obwohl sie so sehr darauf gehofft hatte.

Sie mußte den Christbaumschmuck und die vielen Rauschgoldengel loswerden, die in den Kisten lagerten. Sie mußten weg, und wenn Anna sie verschenkte.

Während sie noch darüber nachgrübelte, kam ihr eine Idee. Sie ging zu einem großen Münchner Kaufhaus und bot dort ihre Waren an. Doch man lachte sie nur aus: »Vor einem Jahr hätten Sie kommen müssen! Jetzt ist es viel zu spät. Das Weihnachtsgeschäft ist angelaufen. Die Schaufensterdekorationen sind fertig...«

Dekorationen? Das Wort hakte sich in ihrem Kopf fest.

Am Tag darauf fiel ihr das Hotel auf dem Predigtstuhl ein. Wie viele Hotels in Bayern war es von der amerikanischen Besatzungsmacht beschlagnahmt worden. Anna kannte den deutschen Geschäftsführer. Sie hatte ihre ganze Überredungskunst aufgewandt, bis sie im Foyer eine Vitrine erhielt, in der sie ihre Arbeiten ausstellen durfte.

Die Amerikaner kauften besonders gern Souvenirs, Puppen im Dirndlkleid oder in Lederhosen und Holzteller, auf denen gemalte Blumengebinde prangten: Enzian, Almenrausch und Edelweiß – Grüße aus dem Bayernland.

Anna fuhr hinauf zum Predigtstuhl.

»Brauchen Sie nicht eine stimmungsvolle Dekoration für die Adventszeit und für Heiligabend?« fragte sie den Geschäftsführer. »Ich würde das arrangieren. Sie brauchten nur für den Transport der Dinge zu sorgen, die ich benötige. Deutsche Weihnachten! Das könnte den Amerikanern doch gefallen.«

»Eine glänzende Idee!« sagte der Geschäftsführer. »Und was würde das Ganze kosten?«

»Ich würde Ihnen nur den Ladenpreis für jedes Stück berechnen, das ich für die Dekoration brauche. Für die Arbeit selbst würde ich nichts nehmen.«

Sie bekam den Auftrag.

Sie sah sich die nüchternen Räume an, die kahlen Wände, die langen Tische, die vielen Stühle. Hier, wo Soldaten in Uniform lässig durch die Gänge schlaksten, rauchend oder Kaugummi kauend, schien der Krieg noch gegenwärtig zu sein. Junge Männer, weit weg von ihrer Heimat und ihren Angehörigen.

Schon am nächsten Tag machte sie sich ans Werk, die Aufgabe reizte sie.

Sie schmückte die Wände mit Tannenzweigen, deren Spitzen sie mit Bronze vergoldete. Kleine rotbackige Äpfel und silberne Nüsse baumelten an Seidenbändern, Sterne aus Stroh und Schilf lugten aus dem Tannengrün. Blaue und weiße Kerzen. Und überall standen große Rauschgoldengel in ihren starren glänzenden Gewändern und lächelten fromm mit lieblichen Gesichtern. Anna ging ganz in ihrer Arbeit auf. Sie freute sich, wie alles Gestalt annahm und sich weihnachtlich verwandelte, um so mehr, als die amerikanischen Soldaten begeistert waren und sich vor Staunen und Dankbarkeit nicht zu lassen wußten.

Der Erfolg machte Anna Mut. Sie suchte noch andere Häuser auf, die von den Amerikanern belegt waren, und dekorierte vier weitere Hotels in und um Berchtesgaden. Für jedes Hotel erfand sie eine andere Dekoration. Sie war in ihrem Element. Zu der Freude und dem Erfolg gesellte sich auch das gute Gefühl, Geld zu verdienen und wieder Boden unter den Füßen zu haben.

An einem Samstagabend kam Anna müde aber froh von ihrer Arbeit heim. Es schneite sachte. Vor dem Roonschen Grundstück wandelte eine hohe schlanke Männergestalt mit hastigen Schritten auf und ab, den Kopf suchend erhoben, als warte er auf jemand.

Es war Herbert.

Anna war auf seinen Besuch nicht vorbereitet, weder innerlich noch äußerlich. Sie hatte ihm zwar ihre neue Anschrift und – für den Notfall – die Roonsche Telefonnummer mitgeteilt, sie hatte auch viele Briefe von Herbert erhalten, sie aber nur überflogen und beiseite gelegt.

Als er Anna erkannte, lief er mit ausgebreiteten Armen auf sie zu. »Anna! Wo warst du? So spät kommst du heim? Du bist ja ganz erschöpft. Was ist geschehen? Ich schreibe dir, du antwortest nicht. Ich telefoniere, du bist nicht zu sprechen. Ich komme hier an, du bist nicht da. Ich mußte einfach kommen! Ich hatte plötzlich große Angst, du hättest mich vergessen.«

»Du hast angerufen?« fragte Anna ungehalten. »Man hat mir nichts davon gesagt. Du darfst das nicht machen, Herbert! Roons wollen das offensichtlich nicht, sonst hätten sie mir doch Bescheid gesagt.«

»Roons, Roons!« rief er wütend. »Deine ewige Ängstlichkeit macht mich verrückt.«

»Du kennst die Menschen nicht, Herbert. Ich muß vorsichtig sein, ich muß an meinen guten Ruf denken, auch wenn dir das spießig vorkommt. Frau Roon ist sehr fromm. Ach, ich bin so müde...«

»Wo warst du, Anna? Warum kommst du mitten in der Nacht heim? Das gefällt mir gar nicht!« Er sagte das eine Nuance zu herrisch.

Auf einmal war ihr Herbert eine Last. Daß er hier auftauchte, unangemeldet, ohne eingeladen zu sein, daß er ihr Vorwürfe machte, Rechenschaft verlangte. Sie war das nicht gewohnt. Sie hatte zu lange allein gelebt, alle Sorgen allein getragen, alle Entscheidungen allein getroffen. Sie ließ sich keine Vorschriften machen. »Ich bin müde, ich will meine Ruhe haben!« sagte sie böse.

»Ich habe jeden Tag an dich gedacht«, sagte er leise und traurig. »Jede Stunde.«

Jetzt tat er ihr wieder leid. Sie sagte: »Ich habe auch immer an dich gedacht.« Es stimmte nicht. Sie hatte nur wenig an ihn gedacht. Sie hatte schwere Wochen hinter sich. Katharinas Liebesgeschichte mit Sebastian, die quälenden Geldsorgen, die Arbeitssuche und die neue Aufgabe in den Hotels hatten sie vollständig in Anspruch genommen.

»Morgen stelle ich dich Frau Roon vor, Herbert. Als Kollegen, als Leiter der Europa-Union-Jugend in Hessen. Ist dir das recht?« fragte sie versöhnlich.

Er war immer noch gekränkt. »Wenn du meinst, daß diese Ausreden nötig sind... Ich finde sie unwürdig.«

»Es geht halt nicht anders«, sagte sie. »Gute Nacht, Herbert!«

»Gute Nacht, Anna!«

Er wohnte wieder in dem kleinen Hotel am Kirchberger Bahnhof.

Am nächsten Tag machte er seinen Besuch.

Frau Roon begrüßte Herbert freundlich und huschte dann schnell in ihren Salon zurück. Vielleicht erinnerte

Herbert sie an ihren vermißten Sohn, der etwa im gleichen Alter war – wenn er noch lebte.

Nun lernten auch Annas Söhne endlich den vielbesprochenen Herbert Pauli kennen. Es ging besser, als Anna angenommen hatte.

Was Tobias dachte, wußte Anna zwar nicht, aber Berthold nahm Herbert ganz arglos auf. »Sie schreiben so viele Briefe an Mutti«, sagte er unbekümmert. »Das wird einmal ein langer Roman, an dem Mutti da dichtet. Daß Sie ihr helfen, finde ich prima.«

Am Sonntag war Anna mit Herbert allein. Katharina war in Salzburg geblieben, die Söhne gingen zum Bergsteigen.

Sie unternahmen eine lange Wanderung außerhalb der Stadt. Anna wollte keine Bekannten treffen. Sie liefen durch schneebedeckte Auen, am Fluß entlang, hinauf zum alten Schloß. Herbert blieb stehen. »Engelsgesicht, ich habe dich noch nicht geküßt, seit ich hier bin.«

»Nicht hier!« wehrte Anna ab. »Wir sind nicht in Frankfurt.«

Er stöhnte. »Immer diese Angst! Wenn ich dich nicht so lieb hätte, würde ich die Geduld mit dir verlieren. Aber deine Hand darf ich wenigstens halten?«

Anna nickte.

Er schien glücklich zu sein, glücklich mit dem wenigen an Zärtlichkeit, das sie ihm erlaubte.

Anna schalt sich selbst undankbar, feige, sogar grausam – aber sie konnte sich nicht helfen, als Herbert am Abend abreiste und sie dem Zug nachwinkte, da hatte sie wieder das Gefühl, als fiele ihr ein Stein vom Herzen.

Dabei hatte sie ihn doch gern, sie wollte ihn behalten. Der Zwiespalt machte ihr zu schaffen. Sie sprach sich mit Katharina aus. Aber es war nicht mehr wie früher. Die Tochter entfernte sich von der Mutter, nahm nicht mehr so innigen Anteil an ihren Problemen. Katharina hatte ihre eigenen Probleme, über die sie nicht redete.

Herbert schrieb bald.

›Liebe, einzige Anna, ich bin in Frankfurt angekommen und möchte am liebsten gleich zu Dir zurückfahren. Ich liebe Dich! Hier regnet es. Ich zähle die Tage bis zum Weihnachtsfest, bis zu unserem Wiedersehen...‹ Und er schrieb weiter: ›Ich möchte glücklich sein, glücklich mit dir. Warum verheimlichst Du meine Liebe? Warum versteckst Du mich? Wie lange muß ich noch warten, bis Du endlich ganz mir gehörst?‹

Anna hatte ihn gebeten, erst am 1. Feiertag zu kommen. Den Heiligen Abend wollte sie mit ihren Kindern allein verbringen. Es sollte so sein, wie es immer gewesen war.

Weihnachten war gekommen. Der Christbaum stand in der Zimmerecke, ein schöner buschiger Baum. Sie hatten ihn schon im Herbst im Wald ausgesucht und gezeichnet, um ihn in der Adventszeit selbst zu schlagen und nach Hause zu transportieren.

An dem Christbaumschmuck hatte die ganze Familie gearbeitet, geschnitzt, gemalt, geflochten.

Katharina schmückte den Baum. Sie war fröhlich wie schon lange nicht mehr. Sie sang, ihre Augen strahlten.

Die Geschenke lagen hübsch verpackt unter dem Baum. Es waren bescheidene Geschenke. Katharina und die Jungen schrieben immer noch Wunschzettel wie in Kindertagen: Taschenmesser, Skistöcke, eine Geldbörse, Brotschachteln, Handschuhe, einen Rucksack für Tobias, der leidenschaftlicher Bergsteiger war. Für Berthold Schallplatten mit seinen Lieblingsschlagern, außerdem italienische und französische Lehrbücher.

Auf Bertholds Wunschzettel stand ein rührender Satz: ›Falls noch ein größeres Geschenk abgeht, wäre ich auch für einen grünen Trachtenhut zu haben, jedoch nicht notwendig – Luxusartikel!‹

Anna war in heiterer, festlicher Stimmung. Sie betrachtete ihre Familie. Wir vier! dachte sie. Ich vermisse nichts und niemanden.

Katharina deckte den Teetisch, sie holte eine fünfte Tasse aus der Anrichte. »Die ist für Sebastian. Er kommt heute aus Salzburg mit dem Rad, um mir mein Weihnachtsgeschenk zu bringen.«

Sebastian? Sein Besuch störte Anna, schließlich gehörte er nicht zur Familie. Aber sie sagte: »Gut, Katharina.« Und trotz ihres Widerstrebens begrüßte sie ihn freundlich, als er dann vor ihr stand.

Sein Lodenumhang war voller Schnee. Auf der Schulter trug er eine kleine Truhe, in der Hand hielt er eine Stehlampe. Beides stellte er wortlos unter den Weihnachtsbaum.

»Die Lampe ist für dich, Mutti!« erklärte Katharina. »Sebastian hat sie selbst angefertigt.«

Es war eine hübsche, originelle Lampe. Sie hatte einen einfachen Ständer mit einem viereckigen Fuß aus weichem Holz. Der Schirm war aus einer Strohmatte geschnitten, durch den die Glühbirne warmes Licht verbreitete.

Auch die Truhe war Sebastians eigene Arbeit. Er hatte sie wunderschön bemalt. Die Außenseiten zeigten auf mattblauem Grund die Verkündigung, die Heilige Familie und die Anbetung mit den Heiligen Drei Königen. Farbgebung und Stil erinnerten an alte Meister.

Der Deckel war mit dem gleichen Blau umrandet, dazwischen das Feld spangrün und mit stilisierten Blüten ausgefüllt, in die zwei Initialen verwoben waren.

Ein richtiges kleines Meisterwerk.

Anna bewunderte Lampe und Truhe, und sie sagte es Sebastian auch. »Was sind Sie für ein tüchtiger Mensch! Künstler und Handwerker in einem...«

»Ja, das ist er!« fügte Katharina stolz hinzu.

Dann tranken sie Tee und probierten die Plätzchen und den Stollen.

Sebastian war still und einsilbig. Er sprach nur, wenn man ihn fragte. Anna war froh, als er sich verabschiedete, um nach Salzburg zurückzuradeln. »Wo verbringen Sie denn das Weihnachtsfest, Sebastian?« fragte sie noch.

»Bei meiner Mutter.«

»Sebastians Mutter ist allein«, erläuterte Katharina und begleitete Sebastian dann bis vor das Gartentor.

Anna studierte noch einmal die Initialen auf der Truhe. K.S. – stand da, nicht K.R. für Katharina Ritter, nein, K.S., Katharina Steinwieser. Sebastian gab ihr schon jetzt seinen Namen, als seien sie bereits Mann und Frau. Wie sollte Anna reagieren?«

Sie schwieg. Sie wollte keine Auseinandersetzung mit Katharina. Nicht heute, nicht am Weihnachtsabend. Und sie wollte Katharina auch nicht die Freude an Sebastians Geschenk nehmen, aus dem so viel Liebe sprach.

In der Nacht quälte Anna ein Alptraum. Der Tod wanderte durch ihren Traum, und er hatte Sebastians Gesicht, leichenblaß und voller Tragik.

Am nächsten Tag kam Herbert. Heimlich umarmte er Anna in der Küche und streifte ihr einen Armreif über, ziseliert und dünn vergoldet.

»Wie merkwürdig!« sagte Anna. »Tobias hat mir fast den gleichen geschenkt.«

Herbert hatte auch den Kindern Geschenke mitgebracht: Bücher und Briefpapier mit aufgedrucktem Namen.

Bei Tisch blickte Tobias auf den golden schimmernden Reif am Arm der Mutter. »Ist das mein Armreif?«

»Nein«, sagte Anna. »Stell dir vor, Tobias, Herr Pauli hat mir auch einen geschenkt.«

»Dann kann ich meinen ja zurücknehmen«, meinte Tobias.

Anna sah die Enttäuschung in seinen Augen. »Deiner gefällt mir besser, Tobias!« versicherte sie ihm rasch. »Ich werde ihn immer tragen.«

Sie sah ihren ältesten Sohn an. Er war kein Bub mehr, er war ein junger Mann, und er glich Martin, seinem Vater. Er hatte Martins schmales Gesicht, seine bräunliche Hautfarbe, die dunklen Haare, und die guten, klugen braunen Augen. Und vor allem besaß er Martins ausgeprägtes Ehrgefühl, seine Wahrheitsliebe und seine Selbstbeherrschung. Oft war er verschlossen, so wie Martin es gewesen war.

Darum freute es Anna besonders, als sich zwischen Tobias und Herbert ein Gespräch anbahnte, über Bücher, Filme, Musik, die Schule, die Bergsteigerei.

»Eigentlich wollte ich Lehrer werden«, erzählte Herbert ihm. »Studienrat. Aber als ich im ersten Semester studierte und meinen alten Klassenlehrer aufsuchte und ihm meine Unentschlossenheit mitteilte, da sagte der: ›Du bist ein Streiter, werde du mal Jurist...‹«

»Und war das ein guter Ratschlag?« fragte Tobias.

»Ich weiß nicht. Wenn ich daran denke, daß ich einmal als Staatsanwalt die Leute anklagen und sie ins Gefängnis schicken muß, kommen mir Zweifel.«

Es wurde ein harmonisches Weihnachtsfest. Herbert hatte seine Geige mitgebracht und spielte Beethovensonaten. Sie besuchten auch alle gemeinsam das Hochamt in der katholischen Kirche.

In Annas Heim gab es keine Gelegenheit für Küsse und Zärtlichkeiten. Erst als sie zu zweit durch den Schnee auf den Schroffen stapften, in der menschenleeren weißen Winterlandschaft, da umarmten und küßten sie sich.

»Komm bald wieder nach Frankfurt, Anna!« bat Herbert. »Ich habe deine Kinder gern, aber in Frankfurt bist du ganz anders, da bist du mein Mädchen. Komm bald!«

Anna versprach es.

Dann reiste Herbert ab, die Heimlichtuerei hatte ein Ende, und es drängte Anna, etwas mit ihren Händen zu schaffen. Nun, da Herbert fort war, empfand sie schon wieder Sehnsucht nach ihm. In Gedanken strich sie über seine Stirn, seine Wangen, seine Augen. Sie holte sich einen Klumpen Ton und begann zu arbeiten. Ihre Hände formten eine Kugel, die sie mit einem Messer durchschnitt und mit einem Löffel aushöhlte. Sie modellierte versunken, sie vergaß alles um sich her, sie arbeitete, strich, drückte, formte, knetete, es entstand eine Maske. Anna deckte ein Tuch darüber und legte die Maske zum Trocknen unter ihr Bett.

Als sie ausgetrocknet war, betrachtete Anna ihr Werk und stellte fest, daß es ihr gefiel. Sie hängte die Maske an die Wand, ohne sie brennen zu lassen. Katharina kam ins Zimmer und blieb plötzlich stehen. Sie deutete auf die Maske. »Hast du das gemacht?«

»Ja!« sagte Anna.

»Das ist ja Herbert...«

»Ja? Das sehe ich jetzt auch«, sagte Anna verwundert. »Es ist unbeabsichtigt entstanden, es ist in meinen Händen so geworden.«

Katharina betrachtete die Maske lange. »Schön hast du das gemacht, Mutti. Schenkst du sie Herbert?«

»Nein. Diese Maske nicht. Ich behalte sie mein Leben lang...«

8.

Ein Jahr verging. Es änderte sich nicht viel. Nicht zwischen Anna und Herbert, nicht zwischen Katharina und Sebastian. Auch Annas finanzielle Situation blieb unverändert. Die Werkstatt brachte fast nichts mehr ein, sie löste sich nach und nach von selbst auf.

Das Überbrückungsgeld wurde überwiesen. Es war nur wenig und deckte gerade Miete, Heizung und Stromrechnung. Gelegentlich formte Anna Kinderköpfchen auf Bestellung und verkaufte sie an die stolzen Eltern. Sie fertigte Ikonen an, Putten, für die sie – wenn auch nur unter Schwierigkeiten – Käufer fand. In den Schaufenstern der ihr bekannten Geschäfte stellte sie ihre Arbeiten aus.

Im Fasching wurde sie gebeten, Kinderfeste zu leiten, die in Hotels veranstaltet wurden. Berthold half ihr dabei. Sie spielten Kasperletheater, führten die Polonaise an, tanzten mit den kostümierten Kindern und trösteten die kleinen Cowboys, Prinzessinnen, Rotkäppchen, Könige und Ritter, die sich in dem Trubel nicht wohlfühlten und weinend durch die geschmückten Räume irrten.

Katharina machte ihr Examen und nahm ihre erste Stellung in Salzburg an. Sie unterrichtete sozialgeschädigte Kinder in kunsthandwerklichen Fächern und Gymnastik.

Anna hoffte immer noch, daß sie sich nicht endgültig an Sebastian binden würde.

Es gab Diskussionen, sogar Streit.

»Katharina«, sagte Anna, »ich erkenne Sebastians Talente durchaus an, aber er wird es schwer haben. Er ist ein Außenseiter, ein Eigenbrödler. Du bist zart, Katharina, empfindlich. Du überanstrengst dich schon jetzt, deine Augen werden immer größer, dein Gesicht immer kleiner und durchsichtiger. Und nun willst du dir etwas aufladen, was du gar nicht schaffen kannst.«

»Das verstehst du nicht, Mutti!« widersprach Katharina. »Ich weiß, was ich schaffen kann. Ich liebe Sebastian. Und er mich auch.«

In den Sommerferien radelten Katharina und Sebastian nach Italien. Sie radelten bis nach Rom. Katharina schickte viele Ansichtskarten, auf denen sie überschwenglich Schönheiten und Sehenswürdigkeiten pries. ›Sebastian hat schon viele Aquarelle angelegt und Skizzen gemacht. Jeder Tag bringt uns neue Motive, neue Freunde, neue Erlebnisse. Wir sind glücklich...‹

Der Aufbau der Europa-Jugendgruppe ging nur zögernd voran. »Ohne mich!« sagten die meisten jungen Leute. »Wir sehen und hören es ja von unseren Eltern, wohin die Hitler-Jugend geführt hat!«, wenn Anna versuchte, ihnen die Ziele der Europa-Union nahezubringen und sie dafür zu begeistern: Keine trennenden Grenzen, keine Feindschaft, nie wieder Krieg, alle Menschen werden Brüder...

In der Nacht malten Anna und ihre Helfer mit grüner Ölfarbe ein großes »E« auf die Mitte der Straßen, um die Leute aufmerksam zu machen, damit sie nach der Bedeutung dieses Buchstabens fragten.

Auf einer Tagung sah Anna den ›Mächtigen‹ wieder. Er hielt ihre Hand fest und sagte das gleiche wie bei ihrer letzten Begegnung: »Immer wieder kreuzen sich unsere Wege, Frau Ritter. Es soll halt so sein. Sie haben gut für die Union gearbeitet. Wollen Sie nicht ganz in die Politik einsteigen? Mit dem Kunstgewerbe ist ja wohl nicht mehr viel zu machen, habe ich gehört. Ich hätte da einen Kunden für

Sie, einen reichen Mann, der gern das Köpfchen seiner Tochter modellieren lassen möchte...«

Katharina und Sebastian kehrten aus Italien zurück. Katharina leuchtete vor Glück. Gesund sah sie aus, gebräunt, schlank und fröhlich. Sie schwärmte von Italien und von Sebastian.

»Er ist ein Genie!« sagte sie. »Durch ihn habe ich sehen gelernt, fühlen, was echte Kunst ist. In der Sixtinischen Kapelle waren wir einen ganzen Tag...«

Anna hörte sich ihren begeisterten Bericht an. Sie freute sich, daß Katharina so viel Herrliches gesehen hatte und vor allem, daß sie die strapaziöse Reise mit dem Fahrrad wohlbehalten überstanden hatte, mit dem wenigen Geld, das ihnen zur Verfügung stand, mit dem kleinen primitiven Zelt, in dem sie übernachtet hatte.

Aber sie machte sich doch auch Sorgen um ihre Tochter.

»Ich habe eine Überraschung für dich, Katharina«, sagte sie. »Sybille von Enkendorf hat mir geschrieben. Du könntest eine Stellung als Lehrerin für Keramik und Bildhauerei in einem der besten und teuersten Internate Deutschlands bekommen und dich gleichzeitig in den anderen Fächern als Studentin weiterbilden. Ohne Schulgeld zu zahlen. Das Internat liegt an einem See, es hat Segelboote, Pferde, Tennisplätze. Und eine hübsche Internatskleidung! Ich war dort, ich habe mit dem Direktor gesprochen. Es ist alles perfekt. Es fehlt nur noch deine Einwilligung...«

Katharina hielt sich die Ohren zu. »Ich will nichts davon hören! Da gehe ich niemals hin. Das darf ich Sebastian gar nicht erzählen. Ich – in eine Uniform eingezwängt? Diese Gleichmacherei – scheußlich! Was bilden sich diese Snobs eigentlich ein? Nur weil ihre Eltern Geld haben? Ich bleibe in Salzburg, bei Sebastian.«

»Na, na, Katharina, sprich nicht so verächtlich vom Geld. Ohne Geld kann man nicht existieren. So ist die Welt nun einmal eingerichtet.«

»Geld, Geld! Ich hasse das Wort, es ist ein Wort zum Fürchten!« Katharina schlug die Fäuste gegeneinander. »Ich kenne schon deine Hintergedanken, Mutti. Ich soll mir da einen reichen Mann angeln. Aber ich will nicht! Ich will mit diesen Kreisen nichts zu tun haben.«

»Überlege es dir noch einmal, Katharina!« bat Anna. »Denk gründlich darüber nach.«

Aller Vernunft zum Trotz glaubte Anna eine Wendung erzwingen zu können. Erst als sie den Brief fand, der in der Tasche von Katharinas Arbeitsschürze steckte und aus Versehen mit in den Wäschebeutel geraten war, sah sie ein, daß sie auf verlorenem Posten kämpfte. Der Brief war von Sebastian.

Anna las die Zeilen, denen sie entnahm, daß Sebastian und Katharina die Absicht hatten, nach Australien auszuwandern und dort zu heiraten. So ernst stand es also!

Anna hatte das Bedürfnis, sich mit einem Menschen auszusprechen, der die Kinder von klein auf kannte. Sie schrieb an den Maler Karl, mit dem sie eine lange innige Freundschaft verband. Er wohnte jetzt in Berlin.

Aber seine Antwort war auch keine Hilfe. Er schrieb: ›Mein liebstes Annettchen! Katharina will heiraten? Einen Künstler? Was ist dieser Sebastian für ein Mensch? Ich hätte gewünscht, Du würdest für Katharina einen leichteren Lebensweg finden. Sie ist ja auch noch zu jung zum Heiraten. Was soll ich dazu sagen? Katharina hat einen starken Willen, Du wirst wohl kaum etwas bei ihr durchsetzen. Ich denke sehr an Dich, ich liebe Euch alle...‹

Keiner konnte Anna helfen, auch Herbert nicht. Das sah Anna jetzt ein.

In Gottes Namen! dachte sie. Ich will Sebastian annehmen. Sie mußte es tun, oder sie würde Katharina verlieren. Und das hätten sie beide nicht ertragen. Noch war Katharina ja da.

Aber Sebastian ging fort. Nicht nach Australien, sondern nach Deutschland. Er kaufte sich eine Fahrkarte von Salzburg nach Hamburg. Unterwegs wollte er die Reise in verschiedenen Städten unterbrechen, um sich nach einer geeigneten Stellung umzusehen. Es sollte nur ein Übergang sein. Sein Plan war, sich möglichst bald als Grafiker selbständig zu machen.

Im Rheinland fand er seine erste Anstellung, als Grafiker in einer Druckerei. Er fühlte sich offensichtlich sehr einsam, denn fast täglich schrieb er an Katharina, die wieder zur Mutter gezogen war. Auf schönen großen Briefbögen, mit Tuschfeder und schwarzer Tusche. Er schickte viele Aquarelle, die das Leben am Rhein und auf dem Strom darstellten. Am Sonntag kamen regelmäßig Eilbriefe an.

»Mit seinem Chef verträgt sich Sebastian nicht«, erzählte Katharina.

»Das wundert mich nicht«, meinte Anna. »Sebastian ist halt eigensinnig, er weiß immer alles besser.«

»Er weiß es tatsächlich besser«, erklärte Katharina stolz. »Unterordnung ist seiner Natur zuwider. Er hat es auch nicht nötig, sich anzupassen.«

Bald kündigte Sebastian seine Stellung und wechselte nach Frankfurt über. Dort wohnte er bei Herbert, bis er sich eine neue Stellung gesucht und ein möbliertes Zimmer gefunden hatte.

»Frankfurt ist Sebastians Stadt«, sagte Katharina. »Da pulsiert die Wirtschaft, da rollt der Rubel, da liegt Sebastians große Zukunft. Davon bin ich fest überzeugt.«

Inzwischen verlief Katharinas Leben in den alten Bahnen. Sie ging weiter ihrem Beruf nach, fuhr täglich nach Salzburg, kehrte abends heim. Anna holte sie dann vom Bahnhof ab. In ihrer Freizeit arbeitete Katharina an ihrer Aussteuer. Sie mußte sparen. In einem Restegeschäft kaufte sie Leinen für die Bettwäsche, säumte, nähte, schürzte Knopflöcher in die Einschlagdecken. Sie schnitt Batist für Nachthemden zu, häkelte und strickte. Über jedes Stück, das fertig war, zeigte sie kindliche Freude. Sie legte die Sachen in den großen Überseekoffer, der noch von ihrem Vater stammte. Von Zeit zu Zeit trat sie an den Koffer heran, hob den Deckel hoch und nahm die Sachen in die Hand, als ob sie sich ihres Besitzes vergewissern wollte.

Anna kamen die Tränen, wenn sie ihre Tochter vor dem Koffer stehen sah. Katharina gönnte sich kein Vergnügen, ging nicht aus, nicht tanzen, sie hatte eigentlich gar nichts von ihrer Jugend. Dabei war sie doch ein fröhliches geselliges Mädchen, überall beliebt, umworben, sie wurde oft eingeladen, zu Parties, zu Hausbällen, zu Ausflügen – aber sie lehnte immer ab. Alle ihre Gedanken waren nur auf Sebastian und das gemeinsame Leben mit ihm gerichtet. »Sebastian wird groß, ganz groß, und dann hole ich alles nach«, sagte sie.

»Ich wünsche es dir von Herzen, Kind!« sagte Anna.

»Da kannst du ganz beruhigt sein, Mutti. Sebastian hat sich bei einer weltbekannten Werbefirma beworben. Die nehmen ihn mit Kußhand, wenn sie seine Arbeiten sehen. Die zahlen ihm ein gutes Gehalt. Da bin ich sicher.«

Und Katharina sollte recht behalten. Sie glaubte an Sebastian, sie wartete auf ihn. »Es wird nicht mehr lange dauern...«, sagte sie ständig.

Aber Anna dachte: Hoffentlich dauert es noch recht lange.

Eines Tages erhielt Anna einen Brief aus Frankfurt. Er kam von Sebastian.

›Liebe gnädige Frau! Daß ich nicht schon früher von mir hören ließ, hat seinen Grund darin, daß ich die letzten Wochen kaum eine freie Minute hatte und wichtige Verbindungen aufgenommen habe. Mit meinem Brief heute verbinde ich ein Anliegen: Ich habe ganz überraschend einen Mietvertrag abschließen können, wie er kaum günstiger sein könnte. Vertragspartner ist eine große Wohnbaugesellschaft, die sehr solide und dennoch preiswert baut und nur mit seriösen Objekten arbeitet. Ich betone das, um Ihnen zu zeigen, daß ich mich vorher genau informiert habe. Das Haus liegt in der Innenstadt, hat sechs Stockwerke und ist vorzüglich ausgestattet. Zentralheizung, Warmwasser, Lift. Die Wohnungen sind im Oktober bezugsfertig. Ich hatte noch weitere Angebote, Altbau und keine Zentralheizung, die ich aber Katharina nicht zumuten möchte. Diese Wohnung wäre für Katharina der Rahmen, den sie braucht. Später, später wird sie draußen im Grünen in unserem eigenen Haus wohnen...‹

Er schrieb dann noch von der Miete und vom – Baukostenzuschuß. Er benötigte etwa dreitausend Mark.

Sebastian, das wußte Anna, besaß kein Geld. Also mußte sie eingreifen. Sie ging zur Bank, um ein Darlehen aufzunehmen. Es war ein demütigender Weg für sie, aber sie tat es für Katharina.

Sie bekam das Darlehen nach langen Verhandlungen und Bitten. Dann fuhr sie mit ihrer Tochter nach Frankfurt, um die Wohnung zu besichtigen. Sebastian hatte nicht zuviel versprochen, es war eine schöne Wohnung mit allem Komfort. Gegenüber lag der Justizpalast. Anna konnte vom Fenster aus in Herberts Büro schauen.

Am Abend saßen sie alle in Herberts Zimmer. Katharina und er flüsterten miteinander. Sebastian wirkte verstimmt.

Plötzlich begann Katharina zu weinen. »Ich wußte doch nicht, daß ich den Ring jetzt schon brauche«, schluchzte sie.

»Was für einen Ring?« fragte Anna.

»Soll ich es Mutti sagen, Sebastian?« Katharinas Stimme klang ängstlich.

»Ja, warum nicht? Aber ich kann dir das auch abnehmen.

Zu Anna gewandt, fuhr er dann fort: »Es handelt sich um den Verlobungsring. Wir haben ihn schon vor längerer Zeit in Salzburg gekauft. Und ich wünsche, daß Katharina ihn hier trägt.«

»Das ist doch kein Grund zur Aufregung«, meinte Anna. »Wir bitten Berthold, den Ring zu schicken.« Sie sagte das ärgerlich, weil es sie kränkte, daß Sebastian ihre Tochter wegen einer solchen Lappalie zum Weinen gebracht hatte.

Der Ring kam per Eilboten an. Berthold schrieb dazu: ›Ich wußte gar nichts von der Verlobung. Warum diese Heimlichkeit? Ihr hättet mir das ruhig sagen können. Und warum eilt das so mit dem Ring? Soll denn bald schon Hochzeit sein? Hoffentlich erfahre ich wenigstens die rechtzeitig...‹

Anna las den Brief vor. »Das ist typisch Berthold!« sagte sie. »Er fühlt sich als Familienoberhaupt übergangen.«

»Wir heiraten im Frühjahr«, sagte Sebastian kurz.

Im Frühjahr! Das bedeutete, daß Anna ihre Katharina nur noch ein paar Monate bei sich zu Hause hatte.

Eine kurze Zeitspanne. Sie verflog viel zu schnell. Anna konnte die Zeit nicht aufhalten, so gern sie es getan hätte.

»Kinder können wir uns wohl zuerst nicht leisten«, meinte Katharina. »Aber wenn wir doch eins bekommen, würdest du es dann nehmen, Mutti? Ich muß ja alle Unruhe von Sebastian fernhalten, damit er sein Talent ungehindert entfalten kann.«

Sebastian, Sebastian, alles drehte sich um ihn! Sogar ihr Kind wollte Katharina um seinetwillen weggeben.

»Natürlich würde ich das Kind nehmen«, antwortete Anna. »Aber du würdest es mir nicht geben, weil du noch nicht weißt, wie eine Mutter fühlt.«

Schließlich war es soweit. Die Hochzeit wurde auf den 4. März festgelegt.

Anna ging ein zweites Mal zur Bank, um sich einen weiteren Kredit zu verschaffen. Sie stürzte sich in Schulden, die sie dann jahrelang abzahlen würde, wie sie schon im voraus wußte. Aber sie wollte das Geld ihrer Tochter schenken, um ihr den Start in das Eheleben zu erleichtern.

Denn Sebastian war nun freischaffender Grafiker. Er hatte die gute Stellung in dem Werbeunternehmen aufgegeben. Er hatte keine festen Einkünfte und vermutlich auch keine Ersparnisse. Zwar hatte er bereits Verbindung zu einem Kontakter und zu einem Industriefotografen aufgenommen, seine Fühler nach geeigneten Kunden ausgestreckt und die ersten kleineren Aufträge eingeholt. Aber er stand auf schwankendem Boden. Jedenfalls empfand Anna das so. Sie konnte den hochfliegenden Optimismus der jungen Leute nicht teilen.

Die Bank gab Anna das Geld nur, weil sich inzwischen die Frage ihrer Versorgungsansprüche geregelt hatte. Auf dem Papier hatte Anna schon die Pension, die ihr als Witwe eines Generalarztes zustand, allerdings nur auf dem Papier.

Anna wollte eine schöne Hochzeit für ihre Tochter, damit Katharina sich immer gern daran zurückerinnern würde.

Die standesamtliche Trauung fand in Bad Reichenhall statt. Dann fuhren sie nach Salzburg, wo die Einsegnung in der evangelischen Kirche vollzogen wurde. Katharina hatte Tränen in den Augen, als sie an Sebastians Arm die Kirche verließ.

Das Hochzeitsessen wurde im ›Eulenspiegel‹ eingenommen, in einem Raum, der sich gemütlich und kultiviert ausnahm mit seinen alten Möbeln, den Antiquitäten, den wertvollen Teppichen.

Tobias hielt die Tischrede. Er sprach von der Vergangenheit, vom Vater, der in der Runde fehlte. »...ich nehme hier seinen Platz ein. Er hat dich so sehr geliebt, Katharina. Auch wir lieben dich, wir geben dich nur ungern her. Wir wünschen dir alles Glück der Erde. Dir, Sebastian, gratuliere ich. Du hast eine gute Frau, so tüchtig und tapfer, wie es unsere Mutter ist...«

Anna glaubte ihren verstorbenen Mann zu sehen und zu hören. Wie sehr Tobias doch seinem Vater glich.

Sie waren nun alle sehr still. Auch Berthold. Erst jetzt wurde ihnen klar, was sie mit Katharina verloren. Die Schwester ging fort! Vorher hatten sie sich das nicht vorstellen können.

Beim Abschied sagte Katharina zu ihren Brüdern: »Jetzt müßt ihr euch um Mutti kümmern!«

Die Brüder sahen verblüfft auf, schauten beinahe ratlos von Katharina zur Mutter. Bisher war es für sie selbstverständlich gewesen, daß Katharina für die Mutter da war, während sie ihre eigenen Wege gingen.

Anna hatte gute Söhne, Tobias, der an den Wochenenden zum Bergsteigen ging – und Berthold, der Tennis und Eishockey spielte, der sich auf der Gitarre begleitete, wenn er mit seiner schönen Stimme Wanderlieder sang, und den die Mädchen umschwärmten. Gute, liebe Söhne – aber kein Ersatz für Katharina.

9.

Katharina war fort.

Anna vermißte sie schmerzlich, ihr Lachen, ihr Gesicht, ihre Stimme, sogar den Streit mit ihr.

Das Leben schien unerträglich leer. Selbst Herberts Briefe trösteten sie nicht.

Er schrieb: ›Mein lieber Engel, ich habe Dich lieb. Ich weiß, daß Deine Gedanken zur Zeit ganz andere Wege gehen und daß Du meine Briefe gar nicht mehr richtig liest. Ich möchte mit Dir verreisen. In den Süden, ans Meer. Du kennst das ja alles noch gar nicht. Wir beide! Nur wir beide! Eine richtige Liebesreise, auf der Du endlich ganz mir gehörst. Ich warte schon so lange...‹

Verreisen! dachte Anna. Ja, das ist das beste. Weg von hier und von den Erinnerungen an Katharina. Ich halte es hier nicht mehr aus!

Die Söhne redeten ihr zu. »Ich führe den Haushalt«, sagte Berthold. »Ich bin sparsam und passe auf Tobias auf. Mach dir keine Sorgen!«

Anna kaufte von ihren letzten Ersparnissen einen gebrauchten Volkswagen, endlich hatte sie wieder ein Auto. Das letzte war in Königsberg am Bahnhof stehen geblieben, als sie flüchteten. Sie hatte den Zündschlüssel einfach im Schloß steckengelassen...

Die Reise ging nach Frankreich.

In Saint-Tropez suchten sie sich eine Bleibe. Und sie fanden sie am einsamen Strand von Pampelon. Ein einstökkiges Sommerhäuschen, primitiv, ohne Komfort, mitten am Strand, umgeben von gelbblühenden Mimosenbüschen und verwilderten Weinstöcken. Das Weiß der Mauern, das Rot des Daches hoben sich vom Grün der Pinien ab.

Anna war begeistert. »Ein herrliches Land! Daß es so etwas gibt! Der blaue Himmel, das Meer, die Weinberge... Jetzt verstehe ich den Satz: Leben wie Gott in Frankreich!«

Sie fühlte sich gelöst, frei, hatte keine Bedenken mehr, es war ihr gleich, was die Leute von ihr und Herbert dachten, ob sie den Altersunterschied bemerkten oder nicht. Hier spielte das alles keine Rolle. Auch die Kinder rückten jeden Tag weiter weg, der Gedanke an sie bedrückte Anna nicht. Hier nicht!

Sie hatte nicht geglaubt, daß das Leben noch einmal so schön sein könnte.

Sie kauften gemeinsam die Lebensmittel in einem der Dörfer ein, Anna kochte, sie gingen Arm in Arm. Sie liebten sich. Überall, in den Dünen, in den verlassenen Weinbergen, auf dem schmalen harten Bett ihres Häuschens.

Und dieses traumhaft schöne Meer! Es war so ganz anders als die Ostsee, die Anna kannte. Die Wellen brachten den Geruch von Fremdheit und Weite mit. In der Ferne sah man nackte verliebte Paare, die eng umschlungen am Strand entlangschlenderten: Adam und Eva.

»Anna, es ist der Himmel mit dir!« sagte Herbert immer wieder. »Ich wußte es, ich wußte es. Du machst mich so glücklich, wie ich es nie zuvor erlebt habe. Endlich habe ich dich für mich allein. Keine Kinder, die an dir hängen... Mache ich dich auch glücklich? Du, eine Frau, die die Liebe kennt...«

»Du irrst dich, Herbert«, sagte Anna. »Ich habe nur wenig Erfahrung in der körperlichen Liebe. Es gab nur zwei Männer in meinem Leben. Zuerst Martin. Ich ging unberührt in die Ehe. Ich hatte keine Ahnung von allem. Niemand hatte mich aufgeklärt. Ich wagte es nicht einmal, mich vor meinem Mann zu entkleiden. Und er wollte mich wohl so haben, obwohl er mich über alles liebte. ›Eine Jungfrau mit drei Kindern!‹, spöttelten die Künstler in Nidden. Sie meinten das nicht böse, sie hatten mich gern.

Und dann kam Wolfgang König. Das war im Krieg. Martin war in Stalingrad vermißt. Ich war verzweifelt, hatte Angstträume. Ich arbeitete im Lazarett und sah das Elend der Verwundeten. Wolfgang König war kein Offizier. Er haßte die Nazis, er war strenggläubiger Katholik, Österreicher. Man hatte ihn degradiert und ließ ihn nicht im Kasino zu. Er war Arzt, Chirurg, Universitätsprofessor. Zu schwierigen Operationen wurde er ins Lazarett befohlen. So lernte ich ihn kennen. Ich war nicht in ihn verliebt. Ich hatte ihn nur gern und wollte ihm gut sein. Er war ein Verfemter, ein einsamer Soldat. Ein Märchen begann, ein sehr kurzes Märchen. Er weckte mich auf, er lehrte mich Liebkosungen, von denen ich nichts geahnt hatte. Ich lernte, daß ich mich meiner erotischen Wünsche nicht zu schämen brauchte – ich wurde eine Frau...

Du kennst den kleinen Bronzeleuchter auf meinem Schreibtisch, Herbert. Den schickte mir Wolfgang aus Frankreich als Talisman. Er hatte den gleichen. Man hatte ihn schnell versetzt. Unser Märchen war ein heimliches und gefährliches Märchen. Nach dem Krieg besuchte er mich. Wir fuhren nach Bad Tölz, es wurde spät. ›Ich möchte unser Märchen noch einmal erleben‹, sagte er. Er bemerkte mein Zögern. ›Drängen will ich dich nicht!‹ – Ich wäre gern mit ihm gegangen, es war nicht Tugendhaftigkeit, die mich zurückhielt. Tugend ist, wenn keiner kommt, sagte man in Ostpreußen. Ich dachte an meine Kinder. Es waren immer die Kinder! Ich hätte ihnen nicht mehr in die Augen schauen können... So bin ich leider nun einmal. Und die Angst, schwanger zu werden... ›Ein anderes Mal!‹ sagte ich. Es gab kein anderes Mal. Er ist bald darauf gestorben...«

Sie lagen in den Dünen und schauten auf das Meer.

Am Horizont erschienen die Silhouetten von Schiffen, sie kamen näher, glitten auf das Land zu.

»Sind das Kriegsschiffe?« fragte Anna.

»Ja, sie liegen im Hafen von Toulon.«

»Es wird doch keinen Krieg geben?« Anna setzte sich erschrocken auf. »So war es damals an der Ostsee auch, als ich mit den Kindern in Nidden war. Da kamen auch die Schiffe, so leise, so bedrohlich, so gespenstisch.«

»Sie machen nur eine Übung«, beruhigte Herbert sie. »Aber du bist hier an einem historischen Ort. Hier sind die Amerikaner im August 1944 gelandet, die Befreiung Frankreichs nahm ihren Anfang. Überall wurde gekämpft, am Strand, am Hafen, überall. Die Plage war zum Teil vermint...« Er erzählte noch mehr, er wußte viel.

»Man sollte das alles aufschreiben«, meinte Anna, als sie zu ihrem Häuschen zurückwanderten.

»Denk nicht mehr daran«, sagte Herbert. »Wir wollen den Krieg vergessen, das Leben genießen.«

Aber Anna ließ der Gedanke nicht los.

Sie machten einen Ausflug, durchfuhren ein ausgedehntes Weinbaugebiet, eine Palmenallee, bis sie auf der Höhe die Kapelle St. Anna erblickten. Eine Gedenktafel war an der Mauer angebracht.

Sie stiegen aus.

»Was steht da?« fragte Anna. »Du kannst das doch sicher für mich übersetzen, Herbert?«

Er übersetzte: »Hier wurde provenzalische Erde zuerst befreit im Morgengrauen des 15. August 1944. Hier hat sich die Brigade des Maures mit den amerikanischen Fallschirmjägern vereint.«

Anna wollte mehr darüber wissen. Sie machte sich Notizen in das blaue Schulheft, das sie immer bei sich trug. »Erkundige dich mal im Ort, Herbert.«

»Ich frage die Leute nicht gern«, antwortete Herbert. »Du weißt nicht, wie sie manchmal reagieren, weil du ihre Sprache nicht verstehst. Wir sind Deutsche, und die Wunden des Krieges sind noch nicht verheilt. Es ist noch zu früh. Wir wollen nicht daran rühren. Ich lege mich lieber an den Strand. Laß die Vergangenheit ruhen.«

Als sie später wieder in ihrem Häuschen waren, schrieb Anna in das blaue Schulheft: ›Ich wünschte, unsere Ferien würden nie vorübergehen. Ich bin so glücklich!‹

Aber dann waren die Ferien zu Ende. Eines Morgens mußten sie abreisen. Sie zählten ihr Geld. Viel war es nicht mehr. Anna schnitt mit einer Schere in den Weinbergen Trauben ab, kaufte ein französisches Stangenbrot, und so traten sie die Heimreise an, die sie auch über Trient führen sollte. Auf Trient freuten sie sich besonders.

Dort angelangt, fuhren sie durch die mittelalterlichen Gassen, besichtigten den Dom, und kehrten schließlich in einem alten Tiroler Gasthof im Angesicht des Neptun-Brunnens ein. An einem großen runden Tisch hatte sich eine italienische Familie versammelt: zwei Gromütter, Mutter und Vater, der einen Säugling im Arm hielt, während die größeren Kinder, gekleidet wie Prinzen, mit den Stühlen wippten, ihre Eisbecher umwarfen, schrien und tobten, ohne gerügt zu werden.

»Ich glaube, ich habe meine Kinder zu streng erzogen«, meinte Anna gedankenvoll, während sie die Familie beobachtete. »So übermütig durften sie niemals sein.« Herbert sagte nichts dazu.

In Reichenhall kam die Trennung. Herbert mußte zurück nach Frankfurt. Anna setzte ihn am Bahnhof ab und fuhr dann zu ihrer Wohnung. Sie war leer, die Söhne waren ausgeflogen, denn es war Sonntag. Niemand erwartete sie.

Sie wanderte durch die Räume und kam sich sehr verlassen vor. Ihr wurde bewußt, wie sehr sie Herbert brauchte. Sie durfte ihn auf keinen Fall verlieren...

Am nächsten Morgen rief sie ihn im Amt an.

Eine Frauenstimme meldete sich. »Staatsanwaltschaft Frankfurt...«

»Kann ich bitte Herrn Pauli sprechen?« fragte Anna.

»Er ist in einer Sitzung«, sagte die Dame. »Soll ich ihm etwas ausrichten?«

»Nein, danke.« Anna legte auf.

Sie ging zurück in ihre Wohnung und setzte sich auf die Ofenbank. Sie merkte, daß ihr die Knie zitterten.

Eine Frau war in Herberts Zimmer? Was tat sie da? Herbert hatte keine Sekretärin, das wußte Anna. Er saß allein in seinem Büro. Und nun diese Frau! Er hatte niemals etwas von einer Frau erzählt. Warum hatte er sie nie erwähnt, wo er doch sonst jede Kleinigkeit aus seinem Tagesablauf in seinen Briefen beschrieb? Und diese Frau unterschlug er?

Anna hatte bisher niemals über seine Beziehung zu anderen Frauen nachgedacht. Sie hatte sich nicht gefragt, ob er mit einer anderen Frau schlief, weil sie sich ihm verweigert hatte. Sie hatte diese Dinge einfach verdrängt. Aber jetzt, nach ihrer gemeinsamen Reise, war alles anders. Jetzt gehörte er ihr, jetzt hatte sie ein Recht auf ihn und seine Treue.

Herbert war ein zärtlicher Liebhaber. Wo hatte er seine Erfahrungen gesammelt?

Eifersucht ergriff Anna. Sie konnte an nichts anderes denken als an diese Frau am Telefon.

Sie rief noch einmal in Frankfurt an.

Wieder meldete sich die Dame.

»Ist Herr Pauli noch nicht da?« fragte Anna mit zitternder Stimme.

»Die Sitzung ist noch nicht zu Ende«, antwortete die Dame. »Kann Herr Pauli Sie zurückrufen? Ist es wichtig?«

»Ja, sagen Sie ihm, er möchte in Reichenhall anrufen. Er weiß dann schon Bescheid... Vielen Dank.«

Und dann wartete sie. Die Minuten schlichen dahin, eine Ewigkeit schien zu vergehen, kein Läuten des Telefons.

Anna war nahe daran, ein drittes Mal anzurufen. Am liebsten wäre sie auf der Stelle nach Frankfurt gefahren, um mit eigenen Augen zu sehen, was da los war.

Sie mußte bis zum Abend warten, bis endlich Fräulein Reserl aus der Halle rief: »Frau Ritter, Telefon für Sie!«

»Schade, daß du mich nicht erreicht hast«, sagte Herbert wohlgelaunt. »Weißt du, es war ein anstrengender Tag. Ich hatte eine häßliche Sache zu bearbeiten, ich mag gar nicht mit dir darüber sprechen. Ich mußte mich zuerst einmal ein bißchen davon erholen. Was gibt es denn so Dringendes, daß du gleich zweimal angerufen hast vom Telefon der gefürchteten Roons? Ist etwas passiert?«

Anna zwang sich zu Selbstbeherrschung, um nicht heftig zu werden. »Seit wann sitzt eine Dame in deinem Zimmer?« fragte sie spitz.

»Ach, das ist es!« Er lachte. »Was bist du doch für ein Dummerle, Anna. Das ist eine Referendarin, das wirst du noch oft erleben. Die Referendarinnen werden uns zugeteilt. Was hast du denn gedacht?«

Anna schwieg.

»Du bist doch nicht etwa eifersüchtig? Ich liebe nur dich, Anna, das weißt du doch.«

»Na ja, aber Frauen bei dir...«, murmelte sie immer noch nicht beschwichtigt. »Kannst du es nicht erreichen, daß dir Referendare zugeteilt werden statt Referendarinnen? Das wäre mir viel lieber...

»Das kann doch nicht dein Ernst sein!« sagte er belustigt. »Du kannst mir doch nicht den Kontakt mit den Damen hier im Amt verbieten. Es gibt außer dir noch eine Menge Frauen auf der Welt...«

»Das weiß ich!« unterbrach Anna ihn zornig. »Ich weiß auch, daß die meisten jünger und hübscher sind als ich. Und du bist Junggeselle...«

»Das stimmt, ich bin Junggeselle. Aber du brauchst nur ja zu sagen, und ich nehme deine und meine Papiere, gehe damit zum Römer und bestelle das Aufgebot. Sei vernünftig, Anna! Quäle mich nicht mit törichter Eifersucht. Es ist schwer genug für mich, ohne dich zu sein. Denk lieber an unsere Reise und komm bald zu mir.«

Anna fuhr nach Frankfurt, auch um Katharina zum ersten Mal in ihrem neuen Heim zu besuchen.

Es war erstaunlich, was Sebastian mit relativ wenig Geld aus der Wohnung gemacht hatte. Die Einrichtung war ganz sein Werk. Er hatte die Möbel nicht nur entworfen, er hatte sie auch zum größten Teil selbst gebaut. Den zierlichen Sekretär für Katharina, seinen Maltisch, die Anrichte und das breite Bett aus lasiertem Lindenholz mit schwarzen Stahlrohrbeinen. Diesen Stil gab es erst Jahre später in exklusiven Einrichtungshäusern. Sogar die Fenstervorhänge, für die er große Nesselbahnen wählte, hatte er selbst eingefärbt und bedruckt. Sein Geschmack, sein Stil, sein künstlerischer Ausdruck! Er duldete nicht den Hauch eines fremden Einflusses in seiner Wohnung.

Anna fuhr von nun an öfter zu Herbert und richtete es immer so ein, daß sie auch Katharina besuchen konnte.

Sie und Sebastian arbeiteten fieberhaft: Verpackungen, Illustrationen, Prospekte, Plakate für Filme, Badeorte, Kaufhäuser und für Fluggesellschaften.

Sebastian hatte Geschäftsverbindungen mit pharmazeutischen Unternehmen in Deutschland und in der Schweiz angeknüpft und erhielt große Aufträge. Viele seiner Entwürfe und Slogans wurden international bekannt.

Katharina vertraute er die gesamte Korrespondenz und die Verwaltung der Honorare an. Auch bei den grafischen Arbeiten half sie ihm. Sie begleitete ihn zu jeder Verhandlung, zu jedem Kunden und glich mit einem Lächeln aufkommende Verstimmungen aus, wenn Sebastian seine Auftraggeber durch seine hochfahrende Art vor den Kopf stieß.

Schon nach kurzer Zeit schafften sie sich ein Auto an. Damit erlangten sie Beweglichkeit, konnten ihren Kundenkreis erweitern und Zeit sparen. Und damit begann Sebastians Aufstieg.

Katharina veränderte sich. Sie wurde eine moderne Frau, schlanker als früher, der blühende Ausdruck ihres Gesichts wich einem blassen verfeinerten Aussehen. Sie wirkte fast ätherisch. Das volle braune Haar trug sie nun in einer glatten Pagenfrisur, die wie ein dunkler Rahmen ihr Gesicht umschloß. Die Augen waren unnatürlich groß und – wie es Anna schien – traurig.

»Bist du glücklich?« fragte Anna sie einmal. »Ihr arbeitet zu viel. Du bist in den Beruf eingespannt und eine perfekte Hausfrau. Das ist zu viel für dich.«

Katharinas Gestalt straffte sich, ihre Augen flammten auf. Wenn sie ihren Mann angegriffen glaubte, wurde sie zur Löwin, die ihr Junges verteidigt. »Ich möchte mit keiner anderen Frau tauschen, Mutti! Unsere Arbeit ist schön.

Besonders die für die Verlage. Ich lese die Neuerscheinungen und die Manuskripte, während Sebastian mit anderen Aufträgen beschäftigt ist. Er hätte ja gar nicht die Zeit, alles zu lesen. Wenn ich das Manuskript gelesen habe, erzähle ich ihm das Wesentliche des Inhalts und bereite so die Gestaltung des Umschlags mit vor. Ich bereite sie geistig mit vor. Verstehst du? Sebastian verläßt sich auf mich, er beschränkt sich darauf, die wichtigsten Stellen nachzulesen. Für uns ist das Freude. Wir kennen keine Langeweile und keine Probleme mit der Freizeit. Sebastian ist übrigens nicht nur Grafiker, sondern inzwischen auch Designer. Er arbeitet jetzt an dem Entwurf eines Gehäuses für einen Radioapparat. Doch am liebsten möchte er malen, malen. Aber das kommt schon noch...«

»Du wirst immer eleganter, Katharina«, bemerkte Anna bei einem ihrer Besuche, »und mit den Schuhen treibst du geradezu einen Kult. Auch Sebastian legt jetzt vielmehr Wert auf seine Kleidung.«

Aber obgleich es dem jungen Paar finanziell gutging, sorgte sich Anna, denn im Laufe der Zeit wurde Katharina immer dünner, durchsichtiger, nervöser. Sie klagte über Schlaflosigkeit, über Schmerzen im Rücken, am Herzen und in den Füßen, sie weinte leicht.

Anna riet ihr, einen Arzt aufzusuchen, und Katharina berichtete dann der Mutter: »Es ist nichts. Der Arzt meint, ich sei ein Spätentwickler und mit den Kindern sollten wir noch warten.« Doch dann brach es aus ihr heraus: »Ich bin nicht krank, Mutti! Die Arbeit ist auch nicht zu viel für mich. Es ist dieses Haus, was mich krank macht. Du ahnst nicht, Mutti, was für ein schreckliches Haus das ist.«

»Aber wieso denn?« fragte Anna verständnislos.

»Als wir die Wohnung mieteten, wußten wir nicht, was das hier für ein Viertel ist«, erzählte Katharina schluchzend. »Die ganze Nacht schreien die Huren auf der Straße herum. Schau nicht so ungläubig, Mutti! Auch die dicke Frau da drüben ist so eine.« Sie wies zu dem Eckhaus schräg gegenüber, wo eine schwarzhaarige gut gekleidete Frau in mittleren Jahren, die Ellenbogen auf ein Kissen gestützt, aus dem Fenster sah. Sie sah gar nicht unsolide aus, eher gutbürgerlich.

»Das kann ich nicht glauben«, sagte Anna erschüttert.

»Doch, doch! Sie lockt die Männer von der Straße herauf. Und das schlimmste ist die Wohnung über uns. Nachmittags um drei kommen die ersten Männer, und es nimmt kein Ende bis zum nächsten Morgen. Die ganze Nacht hindurch hört man den Lift surren und klicken. Die Geräusche, die wir mitanhören müssen, sind nicht zu beschreiben. Ich glaube, sie machen es auf dem Fußboden. Der Sebastian kennt sowas doch auch nicht, genauso wenig wie ich. Und die junge blonde Frau neben uns geht auch diesem Gewerbe nach. Wir hatten sie ein paar Mal eingeladen, weil sie uns so gut gefiel. Jetzt ekele ich mich vor ihr. Mir geht das alles so auf die Nerven, daß ich nicht einmal mehr mit Sebastian schlafen kann...«

Anna nahm ihre Tochter in den Arm. »Ihr müßt hier wegziehen, das ist ganz klar.«

»Wir suchen ja schon eine ganze Weile«, schluchzte Katharina, »aber es ist nicht leicht, etwas Passendes zu finden. Wir wollen nicht mehr in der Stadt bleiben. Sebastian braucht Ruhe für seine Arbeit. Und wenn wir einmal Kinder haben, dann sollen sie in einem Garten spielen können. Und wenn Sebastian weiterhin so gut verdient, dann bauen wir uns ein Haus. Vorläufig sind wir aber noch nicht so weit.«

Sie zogen noch zweimal um, ehe sie das richtige Heim fanden, und zwar in Buchschlag, einem kleinen Ort mitten im Wald, wenige Kilometer südlich von Frankfurt. Dort mieteten sie ein Haus, umgeben von einem großen Garten. Vor dem Haus reckte sich eine riesige schwarze Tanne neben einem verwilderten Fliederbusch. Aprikosenbäumchen waren da, ein hoher Kirschbaum, Spalierobst, Birnen und Äpfel, Blumenrabatten.

Hier war Katharina endlich glücklich und voller Ideen. Sie bildete sich im Fotografieren aus, richtete sich ein Fotolabor ein und legte sich nach und nach ein umfangreiches Archiv an, das sie als Einnahmequelle nutzen wollte. Sie machte großartige Aufnahmen jeglicher Art, die Sebastian oft als Vorlage für seine grafischen Arbeiten dienten.

Sebastians Fleiß war fast übermenschlich. Er hatte Erfolg und verdiente viel Geld. Das kleine Auto aus der Anfangszeit war bald vergessen. Sie kauften sich einen schnellen stahlblauen Sportwagen mit Schiebedach. Sie reisten viel aus beruflichen Gründen: nach München, Zürich, nach Venedig. Sebastian rechnete Anna einmal den Zeitgewinn vor, den er mit diesem Wagen herausholen konnte, denn Zeit war für ihn Geld.

Der starke Motor des Wagens erschreckte Anna. Sie hatte keine ruhige Minute, wenn sie Katharina und Sebastian unterwegs wußte. Die alten Ängste kehrten wieder, durch ihre Träume wanderte nachts der Tod...

Katharina war unbändig stolz auf Sebastian. Sie fuhr mit ihm nach Bad Reichenhall, um ihn ihren früheren Freundinnen vorzuführen, der sogenannten guten Gesellschaft, die sich nun um seine Bekanntschaft riß. Sie reisten in die Schweiz zum Wintersport, sie waren überall.

Selbstbewußt war Sebastian immer schon gewesen, jetzt wurde er arrogant. Einmal sagte Anna: »Es ist schön, Sebastian, daß du dich so an uns gewöhnt hast.«

Er lachte. »Ich habe mich an euch gewöhnt? Ihr euch an mich!« Er sagte das scharf; offenbar fand er es absurd, ihm zu unterstellen, er habe sich angepaßt.

Katharina vermittelte sofort, um den Mißton auszuräumen. Sie lächelte ihr liebes Lächeln. »Jeder hat seinen Teil beigetragen, jeder hat ein bisserl nachgegeben. Ihr habt euch an uns gewöhnt und wir uns an euch...«

Katharina war eine ausgezeichnete Gastgeberin, sie kochte vorzüglich, und verrichtete alles ohne Hilfe. Ein fremder Mensch im Haus – so meinte sie – hätte die Ausschließlichkeit, in der sie mit ihrem Mann lebte, gestört.

Wenn Anna in Frankfurt war, wohnte sie bei Herbert. Und obgleich ihre Besuche bei Katharina immer nur kurz waren, hatte sie jedesmal das Gefühl, zu stören.

Sie sprach mit Herbert darüber. Er legte tröstend den Arm um sie. »Du hast ja mich!«

»Aber ich möchte Katharina doch nahe sein«, sagte sie bekümmert.

»Vielleicht nehme ich mir eine Wohnung in Buchschlag«, meinte er. Aber er warnte Anna auch: »Du hältst Katharina immer noch zu fest. Das darfst du nicht. Du machst einen großen Fehler. Das ist nun einmal das Schicksal aller Mütter: Sie müssen ihre Kinder loslassen und – weiter lieben.«

»Das ist sehr schwer!« gestand Anna. »Wenn ich liebe, halte ich fest. Ich lasse dich ja auch nicht los, Herbert.«

»Das will ich hoffen, Anna!«

10.

Es schien sich alles nach Annas Wünschen zu entwikkeln. Tobias studierte in Würzburg Medizin. In den Semesterferien arbeitete er im Wald, hoch im Gebirge. Er wohnte mit einem Trupp Waldarbeiter in einer Hütte, in der sie kochten und schliefen.

Berthold machte das Abitur und absolvierte sein Praktikum in Traunreut bei einem Elektrounternehmen. Er wollte Ingenieur werden.

Herbert zog nach Buchschlag, für Anna war ein Zimmer in seiner Wohnung reserviert. Wenn sie Katharina auch nicht allzuoft sah, so spürte sie doch die Nähe der Tochter, sie telefonierten, plauderten, verbrachten manche Abende gemeinsam.

Herbert gehörte mittlerweile zur Familie. Selbst Tobias und Berthold trafen keine Entscheidung, ohne sich vorher mit Herbert zu beraten Sie waren Freunde geworden.

Anna fuhr oft nach Buchschlag, so oft, wie es ihr eben möglich war.

Das Leben schien auf glatter Straße zu verlaufen, bergauf zu gehen.

Und darum war Anna betroffen, als Herbert ihr eines Tages am Telefon sagte: »Du wolltest doch am Mittwoch kommen, Anna. Bitte, verschieb's auf Donnerstag.«

Anna glaubte eine leichte Verlegenheit in seinem Tonfall wahrzunehmen. Ihr Mißtrauen wurde wach. »Warum? Hast du etwas anderes vor?«

»Schau, Anna«, sagte er, »ich habe hier einen Freundeskreis. Lauter junge Wissenschaftler, Universitätsassistenten...«

»Also, Männer! Gescheite Männer!« unterbrach Anna ihn erleichtert.

Er lachte. »Ja, Männer!«

»Die würde ich gern kennenlernen. Wir könnten sie zu uns einladen. Ich würde aber auch mit dir mitgehen.«

»Nein«, entgegnete Herbert schnell. »Diese Treffen finden immer ohne Damen statt.«

»Was macht ihr denn da?«

»Wir reden. Über Bücher, Politik, Philosophie, Theater, Musik, über die Universität, über Religion, über die Zukunftsforschung...

»Und da darf ich nicht dabeisein? Schade, das würde mich interessieren.«

Herbert schwieg ein Weilchen. Dann sagte er zögernd: »Nun ja, wenn dir so viel daran liegt, führe ich dich in den Kreis ein.«

Sie spürte sein Widerstreben und sagte gekränkt: »Ist es dir peinlich, dich mit mir zu zeigen?«

»Anna, ich bitte dich!« rief er ärgerlich. »Sag so etwas nicht noch einmal!«

Am nächsten Mittwochabend lernte Anna Herberts Freunde kennen. Sie hatte sich schön gemacht, sie wollte seinen Freunden gefallen.

Das Beisammensein fand in einer großen Altbauwohnung in Frankfurt statt, die vollgestopft war mit Büchern: in Regalen, auf Sesseln, auf dem Fußboden gestapelt, auf den Fensterbrettern hinter dunklen Samtportieren. Es waren fast alles sehr gutaussehende junge Männer, die sich hier versammelt hatten und sich angeregt unterhielten.

Herbert war aufgeregt.

»Warum bist du so nervös?« fragte Anna ihn leise. »Weil ich die einzige Frau hier bin? Mir gefallen deine Freunde, sie gefallen mir alle.«

Er lächelte. »So?«

Ja, sie mochte sie alle, aber bei aller Liebenswürdigkeit, aller Aufmerksamkeit, die Herberts Freunde an den Tag legten, hatte sie doch das Gefühl, daß sie eine unsichtbare Schranke um sich aufbauten.

Sie mögen Herbert! durchfuhr es Anna. Sie bemühen sich um ihn. Mich mögen sie nicht. Ich bin ein Fremdkörper in diesem Kreis. Ich hätte nicht mitgehen sollen.

Sie fühlte sich deprimiert, wie immer, wenn ihr Ablehnung widerfuhr. Und sie dachte: Ich bin zu alt, ich bin zu alt für Herberts Freunde.

Das hatte sie schon lange nicht mehr gedacht.

Und das Gefühl der Niedergeschlagenheit vertiefte sich noch, als sie einige Tage später zufällig Zeugin eines Gesprächs wurde:

Anna kannte eine ältere Dame in Frankfurt, die sehr vermögend war und in einer großen Villa wohnte. Anna fühlte sich zu ihr hingezogen und war dankbar für die Sympathie und die Gastfreundschaft die Frau Alberti ihr entgegenbrachte.

Es fanden Leseabende in ihrem Haus statt, es wurde musiziert, gegessen, getrunken. Auch Herbert wurde herzlich aufgenommen. Frau Alberti machte ihm sogar den Vorschlag, als Mieter zu ihr in die Villa zu ziehen. Es war eine abgeschlossene Gästewohnung vorhanden.

»Was für ein großzügiger Mensch Frau Alberti doch ist!« sagte Anna zu Herbert. »Ich verehre sie, sie ist mir eine mütterliche Freundin. Sie läßt mich nie spüren, daß wir beide nicht verheiratet sind. Sie denkt jung und modern. Bei einer offiziellen Einladung sagte sie zu mir: ›Ich stelle Sie und Herbert als Mann und Frau vor. Auf diese Weise gehen wir allen dummen Fragen aus dem Weg.‹ – Ich bin sehr froh, daß wir Frau Alberti haben.«

Aber sie war nicht lange froh.

Eines Abends hörte sie, wie Frau Alberti im Nebenzimmer leise zu einer Freundin sagte: »Der arme Herbert! Er tut mir leid. Er verdirbt sich sein ganzes Leben mit dieser Frau. Er könnte ein junges Mädchen heiraten, Kinder haben, eine Familie gründen, ein normales Leben leben. Das würde auch seiner Karriere förderlich sein. Ich habe Herbert sehr gern, denn er ist ein feiner, kluger Mensch.«

»Und er sieht fabelhaft aus«, sagte die Freundin. »Er könnte unter den Töchtern der besten Kreise wählen, ihm stehen alle Türen offen. Aber das mit dieser Frau hat doch keinen Bestand! Das dauert noch ein paar Monate, bestenfalls ein Jahr, dann kommt er zur Besinnung und zieht sich von ihr zurück...«

»Anna ist eine nette interessante Frau«, lenkte Frau Alberti ein, »ich habe nichts gegen sie. Nur Herbert tut mir leid! Daß sie nicht von sich aus diese Geschichte beendet! Es gibt doch genug Männer, die altersmäßig zu ihr passen, und die ihr eine gesellschaftliche Position bieten könnten. Sie ist so ängstlich mit Herbert, unsicher, sie wagt kaum, ihn irgendwo einzuführen. Wie oft mußte ich sie bitten, bis sie ihn endlich mitbrachte. Sie ist intelligent, hat erwachsene Kinder, sie sollte vernünftig sein, wenn er es schon nicht ist. Sein Getue um sie ist manchmal richtig peinlich, lächerlich.«

»Solange er sie nicht heiratet«, beendete die Freundin das Thema, »brauchen wir uns nicht aufzuregen. Früher oder später ist das vorbei. Das ist doch logisch.«

Ja, das ist logisch! dachte Anna. Auch Frau Alberti nimmt insgeheim Anstoß. Sie sorgt sich um Herbert, nicht um mich. Nur Herbert ist ihr wichtig!

Enttäuscht und unglücklich fuhr Anna nach Buchschlag zurück. Sie erzählte Herbert nichts von diesem Vorfall. Er bereitete gerade einen Prozeß gegen einen Kinderschänder vor, was ihn stark belastete.

Am nächsten Morgen fuhr Anna wieder in die Stadt und betrachtete sich kritisch in den spiegelnden Schaufenstern. Sie war nicht zufrieden mit sich und ihrem Aussehen. Plötzlich hatten Herberts Beteuerungen, sie sei jung und schön, keine Überzeugungskraft mehr. Aber sie wollte jung und schön für ihn aussehen!

Sie überlegte, ob sie sich das Haar kurz schneiden lassen sollte, konnte sich aber nicht dazu entschließen.

Sie betrat ein Geschäft und kaufte sich ein Hemdblusenkleid, blauweiß gestreift mit frischem Pikeekragen.

»Hübsch sehen Sie darin aus, gnädige Frau! Sehr jugendlich!« schmeichelte die Verkäuferin.

Anna behielt das Kleid gleich an und schlenderte durch die Straßen von Frankfurt. Sie fühlte sich besser. Männer drehten die Köpfe nach ihr um, und das tat ihr wohl.

Zu Hause stellte sie sich vor den Spiegel und probierte eine neue Frisur aus. Sie lockerte ihren Knoten und legte sich eine kokette Welle in die Stirn. Dann malte sie die Lippen an und tuschte die Wimpern, was sie sonst nie tat, außer wenn sie ins Theater ging.

Als Herbert am Abend vom Dienst heimkam, öffnete Anna ihm erwartungsvoll die Tür. Er sah sie verwirrt an, dann stieg eine leichte Röte in sein Gesicht. »Warum hast du das gemacht?« fragte er vorwurfsvoll. »Was soll das?« Er küßte sie nicht.

Anna konnte ein Gefühl der Beschämung nicht unterdrücken. Sie ging ins Badezimmer und wusch die Schminke ab.

Da erst nahm er sie in die Arme, und alles schien gut zu sein.

Aber es war nicht gut, es blieb eine kaum spürbare Verstimmung zurück. Zum ersten Mal zog Herbert sich in sich selbst zurück, zum ersten Mal fand Anna keinen Zugang zu ihm. Ja, er war freundlich, höflich, aber es war nicht gut, es war nicht so wie sonst.

Ein mit Herbert befreundeter Arzt hatte einmal gesagt: »Herbert ist seelisch labil. Er mag seinen Beruf nicht. Bisweilen leidet er an Depressionen und starken Kopfschmerzen...« Anna hatte das nicht geglaubt, und sie glaubte es auch jetzt nicht.

Sie fuhr früher nach Bad Reichenhall zurück als geplant. Herbert bat sie nicht zu bleiben.

Unterwegs überfielen sie schwarze Gedanken.

Frau Albertis Worte klangen in ihren Ohren: ›Der arme Herbert! Er verdirbt sich sein ganzes Leben mit dieser Frau. Er könnte heiraten, eine Familie gründen, Kinder haben...‹

Sie hat recht! grübelte Anna vor sich hin. Vielleicht zerstöre ich sein Leben. Das will ich nicht, das darf ich nicht. Ja, wenn ich eine Persönlichkeit wäre, eine Schauspielerin, eine Sängerin, eine Malerin oder – eine Schriftstellerin. Dann könnte ich mir eine außergewöhnliche Liebe zugestehen. Dann hätte ich den Mut dazu. Aber so?

›...die Geschichte hat doch keinen Bestand! Das dauert bestenfalls ein Jahr, dann kommt er zur Besinnung und zieht sich zurück...

Vielleicht war er ja schon zur Besinnung gekommen, vielleicht wollte er sich zurückziehen und wagte nicht, es ihr zu sagen? Vielleicht bereute er schon, daß er ihr jemals begegnet war?

›...daß Anna nicht von sich aus dieses Verhältnis beendet! Sie sollte vernünftig sein, wenn er es schon nicht ist...‹

Ja, dachte Anna, ich muß vernünftig sein, ich bin die ältere, ich trage die Verantwortung.

›...es gibt ja genug Männer, die altersmäßig zu ihr passen... Peinlich, lächerlich...‹

Je weiter Anna fuhr, desto schwärzer wurden ihre Gedanken. Sie empfand ihre Lage als aussichtslos.

Natürlich gibt es Männer, die sich um mich bemühen, dachte sie. Der ›Mächtige‹ zum Beispiel. Und andere. Da lag doch ein Brief zu Hause. Sie hatte ihn schon vor Wochen erhalten und noch nicht beantwortet...

Daheim angelangt, kramte sie in ihrer Korrespondenz. Da war er, der Brief. Absender: Traugott von Sadowski, Hamburg. Traugott von Sadowski, Sohn eines Pfarrers, hatte von seiner Großmutter ein Gut in Ostpreußen geerbt. Aber er hatte sich auch als Journalist, Schauspieler und Rundfunkreporter betätigt. Anna hatte ihn damals recht gern gehabt. Er hatte unter Hitler viel leiden müssen. Er war verhaftet worden. Es hatte geheißen, ein Nachbar hätte ihn bei der Gestapo denunziert, weil er sich abfällig über Hitler geäußert hatte. Man hatte aber auch gemunkelt, er sei ein ›Homo‹ und habe einem jungen polnischen Fremdarbeiter erlaubt, in seinem Haus zu baden.

Damals hatte Anna nicht gewußt, was ein ›Homo‹ war. Und als Sadowskis Mutter sie anrief und sie bat, sich für ihren Sohn einzusetzen, indem sie sich als seine Geliebte ausgab, hatte Anna in ihrer großen Unerfahrenheit zugestimmt. Ihr Mann war in Rußland vermißt, ihn konnte sie nicht fragen.

Anna war zum Staatsanwalt gegangen und hatte ihr falsches Geständnis abgelegt. Doch der Staatsanwalt hatte sie ausgelacht. »Damit können Sie Ihrem Freund nicht helfen, gnädige Frau. Erstens glaube ich Ihnen nicht, und zweitens ist Ihr Märchen für den Fall Sadowski völlig unerheblich...«

Wie weit das alles zurücklag!

In all den Jahren hatte Anna nur einmal etwas von Sadowski gehört. Martin hatte ihn auf einer Karte aus russischer Gefangenschaft kurz erwähnt. Sie waren im selben Lager gewesen. Das schrieb Sadowski auch in seinem Brief. Er wußte, daß Martin in Rußland gestorben war.

›...oft wandern die Gedanken auf verwehten Wegen und begegnen in stummer Zwiesprache den Verstorbenen. Unter den Zahllosen, die während meiner fünf Rußlandjahre aus der Reihe traten und plötzlich nicht mehr da waren, erscheint mir oft Ihr Mann in seiner verläßlichen Kameradschaft. Er besuchte mich im Lazarett des Lagers Oranki und setzte sich zu mir auf meine Pritsche. Er war mir die erste feste Stütze. Nun ruht er schon viele Jahre an einem stillen Ort, der von der Tradition der russischen Kirche geprägt ist.

Ich würde Sie und Ihre Kinder so gern wiedersehen. Ich habe hier ein Theater und beabsichtige, ein Haus an der Alster zu kaufen. Das Haus soll ein kleiner Ersatz für mein Gut Sadrinen sein. Ich würde noch heute zu Fuß zurück in die Heimat laufen, wenn das möglich wäre. Ich habe niemanden mehr auf der Welt. Alle sind tot. Denken Sie manchmal noch daran, wie wir auf Sadrinen zusammen Tennis gespielt haben? Wollen Sie eigentlich für immer in Bad Reichenhall bleiben, oder was haben Sie vor? Demnächst habe ich in München zu tun. Dann werde ich mir erlauben, Sie zu besuchen.

Ich grüße Sie in alter Verehrung...‹

Ein Theater? Ein Haus an der Alster? dachte Anna. Nun ja, er war politisch Verfolgter und war dadurch wohl zu Geld gekommen. Wie gut, daß er die schlimme Zeit in der Strafkompanie und in russischer Gefangenschaft lebend überstanden hatte! Wie alt mag er jetzt sein? grübelte Anna weiter. Zehn Jahre älter als ich ist er bestimmt. Sie versuchte, sein Bild in ihr Gedächtnis zurückzurufen: ein mittelgroßer Mann, breite Schultern, dunkelblondes Haar,

Geheimratsecken, dunkelbraune Augen, die – wie bei einem Mongolen – schräg in seinem Gesicht standen.

Anna beschloß, ihm zu schreiben und ihn einzuladen. Gleich!

Sadowski kam sehr bald. Schon eine Woche später stand er vor ihrer Tür. Er war stark gealtert, sein Gesicht war von Leiden gezeichnet, seine Haltung war leicht gebeugt.

Tobias und Berthold waren zufällig da. Sadowski begrüßte sie freudig. Er hatte Tobias als Kind immer besonders gern gehabt.

Sie tranken zusammen Tee, und Sadowski erzählte von der Kriegsgefangenschaft, von Martin: »Euer Vater war den Gefangenen nicht nur Arzt, er war ihnen seelischer Beistand. Er machte keinen Unterschied zwischen Offizieren und Mannschaften. Er zeigte durch sein Beispiel, wie man mit den Widrigkeiten des Gefangenendaseins fertig wird. Arbeiten, Holzfällen, Theaterspielen, Singen, er brachte uns sogar das Strümpfestricken bei, das er von eurer Mutter gelernt hatte...«

Die Söhne hörten zu. Der Vater! Sie waren ja noch Kinder gewesen, als der Vater zum letzten Mal in Urlaub war.

Sadowski fragte nach Katharina, es wurde eine lebhafte Unterhaltung.

Nach einer Weile verabschiedeten Tobias und Berthold sich, weil sie mit Freunden verabredet waren.

»Kommen Sie recht bald wieder, Herr von Sadowski«, bat Tobias. »Wir möchten noch viel mehr von unserem Vater wissen.«

Anna wunderte sich, daß Tobias, der sonst so zurückhaltend war, Sadowski zum Wiederkommen einlud.

Dann waren sie allein.

»Frau Anna, Sie haben sich kaum verändert«, setzte Sadowski die Unterhaltung fort. »Immer noch diese glatte reine Haut.«

»Das kommt von der Buttermilch, die wir immer trinken«, erwiderte Anna.

Er lachte. Zum ersten Mal lachte er laut auf. »Buttermilch? Auf den Gütern in Ostpreußen bekamen die Jungschweine Buttermilch.«

Nun lachten sie beide.

»Ich habe Sie immer sehr verehrt, Frau Anna«, fuhr er fort.

»Das wußte ich nicht, Traugott...«

Er wechselte das Thema und erzählte von seinem Theater. »Ich habe in Hamburg einen Kreis von Menschen, die Ihnen gefallen würden, Frau Anna. Maler, Schauspieler, Sänger, Wissenschaftler. Wie damals der Kreis in Nidden. Haben Sie noch Verbindung mit den Freunden von früher? Wo sind sie alle geblieben?«

»Der Maler Karl ist in Berlin.« Anna deutete auf die Wand. »Da! Das Bild mit den Keitelkähnen hat er mir geschickt. Ich war zu Tränen gerührt.«

Er legte die Hand auf ihren Arm. »Ich schreibe an einem Buch, Frau Anna. Es hat noch keinen Titel. Es soll von Kunst, Kultur, Rittergütern und Bauernhöfen in einem versunkenen Land handeln.«

»Sie schreiben an einem Buch, Traugott?« rief Anna. »Das finde ich wunderbar. Ich habe nämlich auch begonnen, mein Leben aufzuzeichnen, verfremdet, als Roman. Aber es fällt mir schwer. Ich brauche einen Menschen, mit dem ich darüber sprechen kann, der Ostpreußen so gekannt hat wie ich. Ich bin auch bestimmt stilistisch nicht so gewandt wie Sie, nicht so gebildet.«

»Schade, daß Sie nicht in Hamburg wohnen, Frau Anna! Dort könnten wir zusammen arbeiten, uns gegenseitig helfen. Ich habe zwar einen großen Bekanntenkreis, wie ich bereits sagte, aber im Grunde ist man einsam, heimatlos.« Der leidende Ausdruck seines Gesichts vertiefte sich.

Anna sah, daß er trauerte, trauerte um Ostpreußen, um Sadrinen, die verlorene Heimat. Und so begann sie, ihm von sich zu erzählen, von ihrer Arbeit und den Kindern.

Am Abend lud sie ihn ein, mit ihr ein Konzert im Kurhaus zu besuchen. Auch in Königsberg hatte er sie manchmal zu Symphoniekonzerten begleitet – es war wie in alten Zeiten.

Auf dem Heimweg nahm er ihren Arm und sagte stokkend: »Frau Anna, ich bin hergekommen, um Ihnen einen Vorschlag zu machen. Ihre Söhne könnten doch auch in Hamburg studieren. Mein Haus ist groß, da ist für alle Platz. Und ich brauche eine Frau, die meinem Haus vorsteht, meine Gäste empfängt... eine Lebensgefährtin sozusagen. Eine Frau wie Sie, Frau Anna! Wir beide und ihre Söhne könnten doch zusammen leben. Wir haben vieles gemeinsam aus der Vergangenheit, und wir würden Gemeinsamkeiten für die Zukunft finden. Die Bücher, die wir schreiben, Freunde sein, liebe gute Freunde. Eine Freundschaft, die tief im Menschlichen wurzelt, die jedem Freiheit läßt, eine Freundschaft ohne Eifersucht...«

Anna schwieg.

»Gibt es schon jemand in Ihrem Leben?« fragte er leise.

Anna zögerte kurz, dann antwortete sie: »Nein.«

»Überlegen Sie es sich, Anna. Und wenn Sie zu einem Entschluß gekommen sind, schreiben Sie mir. Es war schön mit Ihnen und Ihren Söhnen. Ich habe schon lange nicht mehr so herzlich gelacht. Dabei glaubte ich schon, das Lachen verlernt zu haben.« Als sie vor ihrer Haustür angelangt waren, küßte er ihre Hand. »Auf Wiedersehen, Anna. Und danke auch für den schönen Abend.«

»Auf Wiedersehen, Traugott. Kommen Sie bald wieder!«

11.

Anna ging ins Haus.

Das Schicksal bietet mir eine Chance! dachte sie. Hamburg, das Haus an der Alster, schreiben können, den Roman fertigstellen, Gefährtin eines Theatermannes sein, Freundschaft, Toleranz, Respekt...

Sie stand in der Halle, schreckte zusammen, weil das Telefon klingelte.

So spät rief noch jemand an? Das würde doch nicht etwa Herbert sein? Er wußte doch, daß Roons so späte Anrufe nicht wünschten.

Sie nahm den Hörer ab. »Hier bei Roon«, flüsterte sie.

Es war tatsächlich Herbert. »Anna, ich habe eine Überraschung für dich. Eine Wohnung! Ich habe in der Süddeutschen Zeitung eine Anzeige gefunden: ›Suche kleine Wohnung in Bad Reichenhall oder Umgebung, biete große Wohnung in München-Schwabing.‹ – Ich bin hingefahren und habe mir die Gegend genau angesehen. Ich weiß ja, daß du Sonne und Himmel brauchst. Außerdem wollte ich feststellen, ob die Straße nicht zu laut ist. Es ist eine große Altbau-Wohnung mit vielen Nebenräumen. Und die Miete ist tragbar. Vierter Stock, sechs Zimmer, Etagenheizung. Das sind die Vorteile. Nun kommen einige wenige Nachteile: Kein Lift! Die Kohlen müssen aus dem Keller raufgeholt werden. Die Wohnung liegt nach Norden. Aber die große Wohnküche nach Süden. Du mußt die Wohnung nehmen, Anna! Dann bin ich immer zwei Stunden früher bei dir und kann eine Nacht länger bleiben. Ich kann bei dir wohnen und muß nicht ins Hotel gehen. Außerdem ist es eine Geldfrage. Du kannst nicht zwei Söhne in einer anderen Stadt studieren lassen. Das schaffst du finanziell nicht. Du hast München doch schon immer gemocht: die vielen Museen, Oper, Theater, Konzerte, die Plätze mit den Brunnen, den Englischen Garten! Und vor allem ist es eine Großstadt, in der nicht jeder jeden kennt. Wir können uns dort unbeobachtet fühlen. Ach, Anna, es ist mir in der letzten Zeit gar nicht gutgegangen. Entschuldige, wenn ich das sage, aber es war alles ein bißchen zuviel in letzter Zeit. Für die Wohnung ist übrigens leider ein Baukostenzuschuß und eine Ablösung für einige Dinge zu zahlen, insgesamt etwa viertausend Mark. Aber das schaffst du schon, und es ist doch eine schöne Aufgabe für dich, die Wohnung einzurichten, das macht dir doch Freude, nicht wahr?«

Er redete wie ein Wasserfall, was Anna gar nicht von ihm gewohnt war.

Endlich konnte sie ihn unterbrechen: »Das kostet doch alles viel zuviel Geld! Baukostenzuschuß, Ablösung, Umzug, Möbel für die vielen Zimmer und...«

»Es wird schon irgendwie gehen«, sagte er zuversichtlich. »Dann hast du auch endlich ein eigenes Telefon. Ich kann dich dann anrufen, wann ich will, ohne Rücksicht auf die Roons. Diese unwürdige Heimlichtuerei hat ein Ende.«

Er freute sich so, er war stolz auf seine Entdeckung, und es war ja auch rührend, daß er extra nach München gefahren war und sich das Haus und die Gegend eingehend angesehen hatte.

»Wir treffen uns am Sonntag in München, und ich zeige dir alles, ja? Ich schreib' dir noch. Gute Nacht, Anna. Ich liebe dich, vergiß mich nicht!«

»Du bist sehr lieb, Herbert!« sagte Anna und legte auf.

Dann stieg sie langsam die Treppe zu ihrer Wohnung hoch. Ihr Blick fiel auf den zusammengerollten Bogen, den sie in der Hand hielt. Das Programm für das Konzert, das sie mit Traugott von Sadowski besucht hatte.

Sadowski? Sadowski – das bedeutete einen leichteren Weg. Aber sie konnte diesen Weg nicht gehen. Sie würde nicht in dem Haus an der Alster wohnen. Sie hatte sich entschieden: für Herbert.

Sie würde Sadowski schreiben und dabei auch Herbert erwähnen. Schon am nächsten Morgen tat sie das dann auch.

Und Sadowski rief an und sagte: »Ich verstehe Sie, liebe Anna. Ich bleibe Ihr Freund, wenn Sie es mir gestatten. Ich hoffe, bei meinem nächsten Besuch Ihren Herbert kennenzulernen...«

Am nächsten Sonntag traf sich Anna mit Herbert in München.

Es war ein sonniger Herbsttag. Weiße Föhnwölkchen fächerten sich am blauen Himmel auf. Das Oktoberfest hatte begonnen. Geschmückte Pferdegespanne zogen blumenumkränzte Wagen mit Bierfässern durch die Straßen dem Festplatz zu. Männer und Frauen in Tracht, grüne Hüte mit weißem Adlerflaum oder Gamsbart, bestickte Lederhosen, weiße Kniestrümpfe mit Zopfmuster, kostbare Festdirndl, unter deren Saum die weißen Spitzen der Unterröcke blitzten. Blaskapellen schmetterten, die Burschen stießen helle jodelnde Juchzer aus und winkten den Leuten zu, die den Straßenrand säumten. Die Stadt schien von lustvoller Fröhlichkeit überzuschäumen.

In Schwabing hingegen war es still. Das im Jugendstil erbaute Haus lag in der Hohenzollernstraße. Große Ahornbäume reckten sich bis zum Dach hinauf. Ihr Laub verfärbte sich schon. »Das ist also Schwabing, das Künstlerviertel!« sagte Anna. »Hier gefällt es mir. Hier möchte ich leben.«

Herbert lachte. »Ich wußte es!«

Herbert legte den Kopf in den Nacken und reckte den Arm. »In der obersten Etage liegt die Wohnung. Im Krieg wurde das Haus von Bomben beschädigt und brannte bis zum zweiten Stock aus. Man hat es wieder aufgebaut. Deshalb der Baukostenzuschuß.«

Sie öffneten die schwere Holztür, in die ein Künstler vor vielen Jahren Engelchen geschnitzt hatte, die Girlanden aus Blumen und Früchten in den Händen hielten.

Dann traten sie ein, und Anna war wie geblendet: Helles Sonnenlicht flutete durch das Glasdach in das ganze Treppenhaus. Die Stufen aus Parkett, mit Stahlspänen gescheuert und blank gebohnert.

Und dann die Wohnung! Die Größe der Zimmer, ihr Zuschnitt beeindruckten Anna. Für die Dielen war altes Holz verwendet worden, sie knarrten unter ihren Schritten.

Das ist unsere Wohnung! dachte Anna. Sie sorgte sich nicht mehr um das Geld, sie ärgerte sich auch nicht, daß sie für Dinge, die sie eigentlich gar nicht brauchte, eine Ablösung zahlen mußte. In Gedanken richtete sie bereits die Wohnung ein. Sie sah sie schon vor sich mit weißen Wänden, braunen Balken, Gardinen aus sonnengelbem Stoff in den Nordzimmern, mit Farben, Bildern, mit einem kleinen Garten aus dem Schrägdach, in dem zu jeder Jahreszeit Pflanzen grünten, Zittergras und Küchenkräuter... Sie war voller Pläne.

Erst als sie sich von Herbert verabschiedet hatte und nach Reichenhall zurückfuhr, wurde ihr bewußt, daß sie im Begriff war, sich auf ein finanzielles Abenteuer einzulassen. Aber der Wechsel in die Universitätsstadt mußte sein. Bis zum Anfang des Wintersemesters würde sie es geschafft haben.

Nach Katharinas Hochzeit hatte sie sich geschworen, nie mehr ein Darlehen aufzunehmen. Sie hatte die Gänge zur Bank gehaßt. Aber nun konnte sie ihren Schwur nicht mehr halten.

Und dann begannen die Arbeit und die Freude.

Anna hatte besondere Vorstellungen von ihren Möbeln. Sie machte Entwürfe, Zeichnungen, die sie den Handwerkern vorlegte. Und sie fand Handwerker, die auf ihre Wünsche eingingen. Für die Betten ließ sie beim Dorfschreiner flache Rahmen aus hellem Kirschbaumholz anfertigen.

Der Meister schüttelte den Kopf. »Mei, Frau Ritter, was haben Sie da für Maße aufgeschrieben? Die stimmen doch nicht!«

»Die stimmen schon!« widersprach Anna. »Das sind Anderthalbschläfer. So sind die Betten in Frankreich, und die sollen meine Buben haben, damit auch mal ein Mädchen bei ihnen sein kann.«

Der Meister lachte schallend. »Frau Ritter, Sie sind ja wie ausgewechselt.«

Ja, Anna war wie ausgewechselt, übermütig, voller Tatkraft und Mut. Sie studierte die Inserate in der Zeitung, in denen alte Möbel angeboten wurden, kaufte preiswert einen Damenschreibtisch, frühes Biedermeier. Sie stöberte bei den Trödlern herum, erwarb alte beschädigte und verschmutzte Tische, Stühle, Kommoden, die sie säuberte und restaurierte. Sie war glücklich. Sie wollte schöne Dinge um sich haben, wenige, aber schöne Dinge.

»Weißt du, wem du ähnlich bist, Mutti?« fragte Katharina am Telefon, als Anna ihr begeistert berichtete. »Sebastian! Der macht auch alles selbst, der bestimmt, was Schönheit ist, der denkt nicht ans Geld, wenn er eine Idee hat...«

Der Umzug war eine Strapaze. Sie kamen nachts in München an, weil der Möbelspediteur keinen anderen Termin frei hatte.

Berthold kam aus Traunreut, um der Mutter zu helfen. Tobias konnte nicht kommen. Er zählte Bäume für die Forstverwaltung, hoch im Gebirge, um Geld zu verdienen.

»Ja, ja«, spöttelte Berthold, »der Herr Baron Tobias, der erscheint erst, wenn der Palast fertig ist. Wir dürfen schuften.«

»Tobias arbeitet doch auch«, beschwichtigte Anna ihn. »Wenn er gekonnt hätte, wäre er gekommen.«

Berthold mußte auch schon am nächsten Morgen nach Traunreut zurück.

Anna war nun allein in der großen Wohnung, und plötzlich fragte sie sich: War es richtig, was ich da gemacht habe? Alles aufzugeben in Bad Reichenhall, wo die Kinder herangewachsen sind und Freunde gewonnen haben? Reichenhall, das mir mit seinen Bergen, Wiesen, Wäldern so ans Herz gewachsen ist. Hier kenne ich keinen Menschen.

Das Klingeln der Türglocke schreckte sie aus ihren Gedanken. Anna wollte zunächst gar nicht öffnen, weil sie sich ängstigte. Es läutete ein zweites Mal.

Es war der Postbote, er brachte einen Eilbrief. Von Herbert. Ein kurzer, zärtlicher Brief, als Willkommensgruß in der neuen Wohnung.

Anna wurde es leichter ums Herz. Sie war nicht allein, Herbert war bei ihr mit seinen Gedanken, mit seiner Liebe...

Schwabing machte auf Anna den Eindruck einer Kleinstadt. Die Leute kannten sich, grüßten, sprachen miteinander. Auf einem Platz waren unter Bäumen Stühle und

Tische aufgestellt. Sie gehörten zu dem italienischen Café San Marco.

Anna setzte sich, bestellte einen Milchkaffee und kam sich wie eine Urlauberin vor. Sie betrachtete die Menschen, die um sie herumsaßen. Ältere Leute, junge Paare, Studenten, die in einem Buch lasen oder schrieben. Kinder liefen vorbei, den Schulranzen auf dem Rücken, Frauen mit Einkaufstaschen.

San Marco wurde Annas Stammcafé. Sie kaufte sich ein neues blaues Schulheft, und dann saß sie an einem Tisch und trug ihre Gedanken ein. Oder sie schrieb an Herbert, während herbstrote Blätter von den Ahornbäumen rieselten. Sie schrieb von den Geschäften, den Boutiquen, erzählte ihm, daß sie Plakate gefunden hatte mit Reproduktionen von Chagall, Matisse und Picasso, die sie an die Wände geheftet hatte, damit sie mit ihren leuchtenden Farben die Zimmer verschönerten. Auch daß sie die altmodische hochbeinige Badewanne von außen mit hummerfarbener Ölfarbe angestrichen und den Fußboden dazu weiß lackiert hatte, berichtete sie Herbert.

›Ach, wenn Du hier wärst! Mit Dir Schwabing entdecken, durch die Leopoldstraße mit ihren Pappelreihen bummeln und die Brunnen vor der Universität bewundern. Und das Siegestor! Ich möchte gern mehr über das Bauwerk wissen. Wer es gebaut hat und warum. Du weißt das sicher. Ich will mir ein Vorlesungsverzeichnis für Kunstgeschichte besorgen. Du siehst, Herbert, ich schreibe Dir einfach, was mir in den Sinn kommt, denn ich kenne ja noch niemand hier, mit dem ich sprechen könnte.‹

Anna schrieb viel. Von ihren Sorgen schrieb sie nicht. Sie hatte Geldsorgen. Sie rechnete hin und her, aber ihre monatlichen Ausgaben überstiegen ihre Pension. Dazu die Bankschulden, die Studiengebühren für ihre Söhne, Telefon, der

Kohlenvorrat für den Winter mußte bestellt werden, die Stromrechnung, die Anschaffungen, die Handwerker und, und, und...

Sie würde Studenten aufnehmen, zwei Zimmer vermieten müssen. Warum konnte Herbert eigentlich nicht seinen Beruf in München ausüben? Bei ihr wohnen? Seine Miete an sie zahlen statt in Buchschlag an fremde Leute?

Sie hatte Herbert schon gefragt, aber er hatte immer gesagt, es sei unmöglich. Anna konnte das nicht glauben. Wer konnte ihr in dieser Angelegenheit raten? Es gab nur einen einzigen Menschen, mit dem sie dieses Problem besprechen konnte: den ›Mächtigen‹.

Sie suchte ihn auf, und er empfing sie sofort, nachdem seine Vorzimmerdame sie angemeldet hatte. Er kam ihr mit ausgestreckten Armen entgegen. Seine kleinen schlauen Augen glitzerten. »Grüß Gott, schöne Frau! Welch eine Überraschung!« Er ergriff ihre beiden Hände und hielt sie fest. »Wie geht es Ihnen? Sie haben mich lange warten lassen.«

Anna erzählte von ihrem Umzug nach München, von Katharinas Hochzeit, vom Studium der Söhne.

»Sie sehen blühend aus!« sagte er.

Anna wurde rot. Immer wurde sie rot, wenn sie mit dem ›Mächtigen‹ sprach.

Er lachte über ihre Verlegenheit und fuhr dann fort: »Ich habe oft an Sie gedacht.«

»Ich auch an Sie«, sagte Anna.

Das war gelogen. Sie hatte ihn nur aus ihrem Gedächtnis hervorgeholt, weil sie sich von ihm Hilfe erhoffte.

Er ahnte es. »Na, wo drückt Sie der Schuh?« fragte er.

»Es ist so...«, setzte Anna an, »ich komme wegen der Europa-Union... Könnte ich auch hier in München dafür arbeiten?«

»Na, na«, sagte er zweifelnd, »deshalb sind Sie doch nicht gekommen, oder?« Er ließ sich nicht täuschen.

»Also«, setzte Anna erneut an, »meine Söhne und ich kennen einen jungen Mann, der Assessor bei der Staatsanwaltschaft in Frankfurt ist. Er würde gern in München arbeiten. Er ist mit uns – mit meinen Söhnen – eng befreundet und hat keine Angehörigen mehr. Wäre ein Wechsel hier nach Bayern möglich?«

Der ›Mächtige‹ lächelte wissend. »Ist der junge Mann Flüchtling?«

»Nein, er ist Hesse...«

»So, so, dann ist es praktisch ausgeschlossen, liebe Frau Ritter. Es sei denn...« Der ›Mächtige‹ legte eine kleine Pause ein, wobei er Anna unverwandt in die Augen sah, »...es sei denn, daß einer von unseren Assessoren unbedingt nach Frankfurt will, weil er dort ein Mädchen hat.«

Anna fühlte sich durchschaut. Wieder stieg ihr das Blut in die Wangen.

Der ›Mächtige‹ lachte wieder.

Sie drängte ihn nicht weiter. »Vielen Dank, Herr Lachner! Entschuldigen Sie, daß ich Sie belästigt habe.«

»Ich fühle mich überhaupt nicht belästigt. Das wissen Sie auch genau.« Er begleitete sie zur Tür. »Kommen Sie einmal wieder. Ich möchte Sie nicht aus den Augen verlieren. Ich bin ein geduldiger Mann.«

»Ich komme gern«, antwortete Anna verwirrt.

»Versprochen?«

»Versprochen!«

Er küßte ihr die Hand.

Auf dem Heimweg glaubte sie immer noch, die warmen Männerlippen auf ihrer Haut zu spüren. Der ›Mächtige‹ ist ein gefährlicher Mann, dachte sie. Ihm könnte ich erliegen, wenn die Umstände anders wären. Damals in Frankfurt war ich noch nicht so weit. Aber jetzt? Er macht mich neugierig, er weckt Gefühle in mir, die ich nicht haben dürfte. Ich kann es mir nicht erklären. Eine Nacht mit dem ›Mächtigen‹? Nicht aus Berechnung! Er ist nicht schön, er ist nicht jung, aber er ist eine Versuchung für mich. Das hat nichts mit meiner Liebe zu Herbert zu tun, das nimmt nichts von ihr weg... ›Schäm dich, Anna!‹ ermahnte sie sich dann selbst.

In der Veterinärstraße entdeckte sie ein Schild am Eingang eines Hauses: ›Zimmervermittlung. Nur für Studenten.‹

Anna fielen ihre Probleme ein. Sie ging in das Haus, fand das Büro und bot zwei Zimmer an.

Noch am selben Abend erschienen zwei junge nette Studenten bei ihr. Ausländer mit olivfarbener Haut. Erstsemester. Sie sprachen nur gebrochen Deutsch. Es waren Perser, und sie hatten Namen wie aus ›Tausend und eine Nacht‹: Tuna Tari und Subutai.

Anna zeigte ihnen die Zimmer und das Duschbad mit der Toilette und nannte die Bedingungen: Mädchenbesuche nur am Nachmittag, Sauberkeit, Rücksichtnahme. »Ich habe Söhne in Ihrem Alter, von denen ich das gleiche erwarte. Das Frühstück können Sie sich in der Küche selbst zubereiten, oder ich mache es Ihnen. Die Betten müssen Sie selbst machen.«

Sie waren mit allem einverstanden. Auch mit dem Mietpreis, den Anna hoch angesetzt hatte. Aber sie war noch unschlüssig. Sie wollte erst mit Berthold sprechen. Tuna Tari und Subutai waren die ersten Orientalen, mit denen sie in Berührung kam. »Kommen Sie bitte morgen früh noch einmal vorbei. Dann sehen wir weiter.«

Sie lächelten schüchtern und verließen mit einem fast demütigen Kopfnicken die Wohnung.

»Haben Sie viel Gepäck?« rief Anna noch hinter ihnen her.

»Nein!« beteuerten sie zweistimmig.

Anna sah ihnen nach, wie sie bemüht leise die Treppen hinuntergingen. Sie waren offensichtlich bestrebt, den besten Eindruck zu machen.

Und dann fand Anna zu ihrem Schrecken einen Hundertmarkschein auf ihrem Sekretär. Die Perser hatten ihn heimlich hingelegt. Als Anzahlung? Als Bestechung?

Am nächsten Morgen sagte Anna ihnen zu, und sie zogen gleich ein. Zunächst mit kleinem Gepäck. Die großen Koffer holten sie erst später, nachdem sie sicher waren, daß sie wirklich bleiben durften.

Es waren nette Burschen und gehörten bald zur Familie.

»Eine große Familie hast du«, sagte Herbert, als er zu Besuch kam. »Vier junge Männer!« Er bewunderte die Wohnung. »Wie hast du das nur geschafft? Schön ist es hier!«

»Es fehlt noch viel«, meinte Anna, »ein paar Teppiche, alte Spiegel, Lampen, ein bißchen Luxus. Für dich habe ich als Gästezimmer einen kleinen Raum eingerichtet. Eigentlich gehört er Berthold.«

»Aha!« lachte er. »Das Dienstbotenzimmer.«

Sie feierten ihr Wiedersehen mit einer Flasche Wein. Herbert hatte seine Geige mitgebracht und spielte Annas Lieblingsstücke. Sie schmiedete Pläne für den Sonntag: Durch den Englischen Garten wandern, vom Monopterus aus über die Stadt schauen und den Friedensengel golden in der Ferne leuchten sehen, Kirchen besuchen oder eine Gemäldeausstellung, vielleicht ergatterten sie Theaterkarten...

»Langsam, langsam«, unterbrach er sie. »Du willst zu viel auf einmal. Laß dir Zeit! Wir wollen einfach nur glücklich sein.«

Und sie waren glücklich. Sie verlebten einen schönen Sonntag. Herbert hatte am Montag in aller Frühe abreisen wollen, aber er bekam in der Nacht hohes Fieber.

Anna mußte einen Arzt rufen, der eine schwere Virusgrippe feststellte. »Und außerdem hat Herr Pauli ein Herzleiden, vermutlich von Kindheit an. Er kann zwar alt damit werden, wenn er vernünftig lebt, aber er muß sich schonen.«

»Ein Herzleiden?« wiederholte Anna bestürzt. »Das wußte ich nicht.«

»Am besten wäre es, wir brächten ihn ins Krankenhaus«, fuhr der Arzt fort. »Aber er sagte mir, er sei noch nicht Beamter und nicht versichert. Wollen Sie ihn hier behalten und pflegen? Es könnte lange dauern...«

Es dauerte zwei Monate. Herbert erholte sich nur langsam. Es waren Monate voller Mühsal für Anna. Es war nicht nur die zusätzliche Arbeit – das Geld reichte nicht. Aber sie brachte es nicht übers Herz, mit Herbert über die Ausgaben zu sprechen, die seine Krankheit verursachte.

Auch Berthold wurde der kranke Gast in seinem Zimmer allmählich zur Last. »Wie lange bleibt er denn noch da?« fragte er unwirsch. »Ich habe mich so darauf gefreut, ein eigenes Zimmer zu haben. Ich habe es satt, auf der Couch im Wohnzimmer zu schlafen.«

Es war eine schlimme Zeit. Aber Anna hatte sich entschieden, sie liebte Herbert.

Jeden Morgen las sie die Stellenangebote in der Zeitung. Sie suchte eine Arbeit, die sie neben ihren häuslichen Pflichten ausüben konnte, ohne daß ihre Söhne, Herbert oder die Perser etwas davon bemerkten.

Und sie fand Arbeit: Sie sprang in einem Verlag für den Fahrer ein, der einen Unfall gehabt hatte. Sie wusch Autos in einer Garage, sie reiste zweimal in der Woche durch die umliegenden Dörfer und führte in Gasthöfen Dampfkochtöpfe vor.

Es gelang ihr, ihre Familie zu täuschen. Sie glaubten Annas Ausreden: »Ihr wißt ja, daß ich einen alten Bekannten aus Königsberg getroffen habe, Professor Worringer. Ich war in der Uni als Gasthörerin in seiner Vorlesung... Ich habe meine Freundin Sybille von Enkendorf in Garmisch besucht... Ich war bei einem Treffen ostpreußischer Ärzte... Ich muß nach Bad Reichenhall zum Gemeindeamt.

Als Werbedame für Dampfkochtöpfe versagte Anna jedoch. Sie brachte es nicht fertig, auf die Leute einzureden, bis sie einen kauften und so gelangen ihr nur wenige Abschlüsse.

Schließlich war Herbert endlich wieder gesund.

Am Tag vor seiner Abreise brachte der Postbote ein Einschreiben: Herberts Bestallung als Staatsanwalt. Jetzt war er Beamter auf Lebenszeit.

»Ich danke dir, Anna!« sagte er. »Wie kann ich das jemals wieder gutmachen?«

»Das brauchst du nicht, Herbert. Die Hauptsache ist, daß du wieder gesund bist.«

»Ich liebe dich, Anna! Du bist wirklich mein Engel, mein Schutzengel.«

Sie lächelte. Sie hatte sich entschieden.

12.

Sie hatte sich entschieden, und dabei blieb es. Die Zeit verging. Die Jungen studierten und hatten ihre Liebesaffären. Katharina und Sebastian arbeiteten weiter hart, und der Erfolg blieb ihnen treu.

Annas finanzielle Lage besserte sich. Auch der Roman in dem blauen Schulheft machte Fortschritte. Sie las Herbert daraus vor, wenn er bei ihr in München oder sie bei ihm in Buchschlag war.

In München fühlte Anna sich jedoch am wohlsten. München wurde ihre Stadt. Sie kannte alle Museen, die Theater, die Oper und all die ganzen kulturellen Schätze.

Sadowski besuchte sie, der Maler Karl, und Anna war ihnen eine gute Fremdenführerin.

Ihre Söhne spielten Tennis in einem Klub, in dem Anna neue Menschen kennenlernte. Sie nahm die alte Freundschaft mit Professor Worringer wieder auf.

Ruhe schien in Annas Leben einzukehren, und sie genoß das Gleichmaß ihrer Tage.

Jedes Wiedersehen mit Herbert war ein Fest. Wenn sie in Buchschlag war, gingen sie tanzen, nach Bad Homburg in die Tennis-Bar. In München tanzten sie zu Hause nach Schallplattenmusik. Die Trennung fiel ihnen jedes Mal unsäglich schwer. Herbert schob den Abschied immer bis zur letzten Minute hinaus, und dann rasten sie zum Bahnhof; das war immer ein Montag, immer die frühe feuchte Morgendämmerung des Montags.

Es gab auch Streit.

Anna fand, daß Herbert zu wenig Interesse für ihren Roman zeigte. Er lobte sie, wenn sie ihm vorlas, aber das genügte ihr nicht. »Du willst mir nicht helfen«, schimpfte sie. »Du könntest es, aber du willst nicht. Wenn du im Gericht auch so lässig bist, wirst du nie befördert werden. Ich weiß, daß du ein ausgezeichneter Jurist bist...«

»Aber ich bin es ungern«, unterbrach er sie. »Ich weiß, du mit deinem Ehrgeiz möchtest am liebsten, daß ich Justizminister werde, möglichst schon morgen, damit du stolz auf mich sein kannst. Ich bin kein Erfolgsmensch, und ich leide auch nicht darunter. Die Karriere ist nicht mein Leben. Ich bin froh, wenn ich die Aktenberge nicht sehen muß. Ich brauche nicht viel. Meine Geige, meine Bücher, meine ganze Habe paßt in einen Koffer. Ich bin anders als du, du mußt mich nehmen, wie ich bin. Du bist eine Frau, die immer tätig sein muß. Kaum hast du etwas erreicht, sinnst du auf etwas Neues. Schreibe, wenn es dir Freude macht, aber denke dabei nicht an Erfolg. Und – treib mich nicht an, Anna! Ich will Freude mit dir haben, Freude. Hol das blaue Schulheft nicht zu oft heraus, wenn ich bei dir bin.«

»Ich entdecke immer neue Seiten an dir, Herbert«, sagte sie.

»Ja, es braucht Zeit, bis man sich richtig kennenlernt«, meinte er.

Solche Debatten hatten sie häufig. Er begriff nicht, daß Anna ein Ziel brauchte, daß es sie drängte, etwas zu schaffen, daß sie ein Buch schreiben wollte und vieles mehr.

Auf Reisen war Herbert glücklich und unternehmungslustig. Dann blühte er förmlich auf.

Im Frühjahr planten sie wieder eine Reise. Nach Italien. Anna erzählte Katharina davon, als sie in Buchschlag war, und Katharina sagte: »Das freut mich für euch beide. Ich freue mich auch auf diesen Sommer, auf unseren Urlaub in Salzburg. Wir haben uns eine kleine Wohnung gemietet, direkt an der Salzach. Ich habe mich in der Akademie bei Kokoschka angemeldet. Und Sebastian? Ach, Mutti, Sebastian ist ein Genie...«

»Das weiß ich nun schon«, sagte Anna. Sie sah ihre Tochter an. Wie schön und fröhlich sie war! Voller Hoffnung für die Zukunft!

»Weißt du, Mutti«, fuhr Katharina fort, »noch nie habe ich das Erwachen der Natur und das Blühen der Blumen so bewußt und intensiv erlebt wie heuer. Es ist alles so schön! Jetzt sind wir bald vier Jahre verheiratet. Sebastian hat ein Grundstück im alten Teil von Buchschlag gekauft, auf dem wir einen Bungalow bauen wollen. Wir haben die Pläne schon gezeichnet. Bis zum Winter soll er fertig sein, dann ziehen wir ein. Auf eigenem Grund und Boden werden unsere Kinder aufwachsen. Ja, Mutti, wir denken jetzt an Kinder. Übrigens malt Sebastian in letzter Zeit viel, er hat ein surrealistisches Frauenbildnis in Arbeit. Ich glaube an Sebastian, ich habe immer an ihn geglaubt, felsenfest. Und Inga denkt genauso.«

»Wer ist Inga?« fragte Anna.

»Unsere Assistentin«, berichtete Katharina, »sie ist jung, hübsch, intelligent, tüchtig. Ich habe sie gern. Auch Sebastian versteht sich sehr gut mit ihr.«

»Bist du da nicht eifersüchtig?« fragte Anna erstaunt.

»Mutter, ich bitte dich!« wehrte Katharina ab. »Wo denkst du hin? Eifersucht ist im Grunde reinster Egoismus, und sie ist zerstörerisch. Liebe ist so zerbrechlich, wird so leicht geschädigt, man muß sie pflegen, sie nicht kränken, behutsam mit ihr umgehen. Kein Mensch ist des anderen Eigentum...«

Sie sagte noch mehr weise Sätze, und Anna hörte ihr zu.

»Du bist reifer als ich, Katharina«, sagte sie schließlich. »Aber das bist du wohl immer gewesen.«

Das muß ich Herbert erzählen, dachte Anna, als sie zu seiner Wohnung zurückging.

Aber Herbert war nicht da. Sie schaute auf die Uhr. Er hatte sich verspätet. Sie wartete zehn Minuten, dann ging sie ihm entgegen. Kein Herbert! Sie wanderte weiter in die Richtung, aus der er kommen mußte.

Unruhe erfaßte sie.

War etwas passiert? War er womöglich wieder krank geworden? Hatte er seinen stillen, schweren Tag, weil er eine Anklage vertreten mußte, die ihm zuwider war oder weil ihm eine Straftat zu geringfügig erschien, um dafür einen Menschen zu verurteilen und sein Leben zu ruinieren?

Anna ging an einem hellerleuchteten Café vorüber, schaute flüchtig durch die große Scheibe, und – da sah sie ihn. Er saß an einem Fenstertisch und ihm gegenüber saß eine junge schöne Frau. Sie hatte sich über den Tisch gebeugt, ihr Kopf war nahe an dem seinen, und sie sprach eifrig auf ihn ein, wobei sie die beringte Hand auf seinen Arm legte.

Die Unterhaltung wirkte angeregt, vertraulich. Und Herbert lachte!

Die Frau war ein ganz anderer Typ als Anna, schwarzhaarig, dunkeläugig, elegant, mondän. Sie gestikulierte temperamentvoll und entblößte beim Lachen weiße ebenmäßige Zähne.

Fassungslos starrte Anna auf die beiden, ihr Herz klopfte laut, wie eine heiße Welle stieg Eifersucht in ihr auf. Herbert bemerkte Anna nicht.

Und sie machte sich nicht bemerkbar. Sie ging nach Hause. Dort setzte sie sich und versuchte nachzudenken. Sie nahm sich fest vor, Herbert keine Szene zu machen. Sie rief sich Katharinas Worte ins Gedächtnis: Eifersucht ist reinster Egoismus... Man muß die Liebe behutsam behandeln, sie nicht kränken... Liebe ist so zerbrechlich... Aber all die weisen Worte halfen Anna nicht. In ihr tobte ein ohnmächtiger Schmerz, den Liebe zufügt, wenn sie sich verraten wähnt.

Betrog Herbert sie? Hatte er ein Abenteuer? Gab es zwischen ihm und dieser schönen Frau eine starke erotische

Anziehung? So etwas kam vor. Aber bei Herbert hätte sie eine Treulosigkeit nicht ertragen. ›Kein Mensch ist des anderen Eigentum?‹ Doch! Herbert gehörte ihr!

Herbert kam bald. Er war gut gelaunt. Er küßte Anna und sagte munter: »Ich habe mich verspätet. Ich habe angerufen, aber du warst nicht da.«

Anna bemühte sich, ihrer Stimme einen festen Klang zu geben: »Ich war bei Katharina.«

»So? Und mich hat eine Freundin von Frau Alberti wegen einer Erbschaftsangelegenheit angerufen. Wir haben uns getroffen. Tolle Frau, die Frau Dr. Bassewitz, hochgebildet, geistreich, amüsant, spricht sogar Chinesisch. Ihr Vater ist Diplomat...«

Jedes Wort traf Anna wie eine Ohrfeige. Daß Herbert die Vorzüge dieser Frau aufzählte, ihr Wissen pries, erschien Anna taktlos und grausam. Als ob er ihr bewußt machen wollte, wie wenig sie selbst war, wie wenig sie wußte. Und Frau Alberti? Natürlich, Frau Alberti spielte Herbert junge Frauen zu, um Anna aus seinem Leben zu verdrängen.

»Warum geht sie denn nicht zum Rechtsanwalt von Frau Alberti?« fragte Anna spitz und zu laut, »sie hat uns doch erzählt, wie hervorragend er ist. Warum kommt sie ausgerechnet zu dir?«

»Du siehst, wie begehrt ich bin!« scherzte er fröhlich. »Ein ausgezeichneter Jurist, hast du gesagt. Andere merken das auch.« Er strahlte Anna an. Sie zwang sich zu einem Lächeln. Es kostete sie große Anstrengung. Ihr tat das Herz so weh.

»Ich dusche noch schnell«, sagte er. »Dann bin ich wieder bei dir.«

Am liebsten hätte Anna sofort mit Katharina telefoniert, um sich bei ihr auszusprechen. Katharina, die über den

Dingen stand, ohne Mißtrauen war und bei aller Liebe zu Sebastian immer einen kühlen Kopf bewahrte. Und sie, Anna? Sie benahm sich kindisch, dumm, hysterisch, sie kam mit ihrer eifersüchtigen besitzergreifenden Natur nicht zurecht.

Ich will mich beherrschen, dachte Anna und ballte die Fäuste. Ich muß es schaffen!

Sie schaffte es, sie machte Herbert keine Szene, sie verschwieg ihm, daß sie ihn mit der Frau im Café gesehen hatte. Sie wagte gar nicht, an das Thema zu rühren, weil sie sich ihrer Selbstbeherrschung nicht sicher war.

Aber die Eifersucht zitterte lange in ihr nach, und diese schöne Frau Dr. Bassewitz hörte nicht auf, als Rivalin in einer Kammer ihres Gehirns herumzuspuken.

Und dann fuhren sie nach Italien. In Annas Auto. Sie chauffierte, wie immer. Die Reise ging über Innsbruck an den Gardasee und weiter bis La Spezia.

Die Ligurische Küste zog sie an. Und die Toskana.

Für Anna war alles neu, einmalig, ein Wunder.

Herbert hatte sich vorbereitet und erzählte Anna von der Geschichte Italiens, von der Antike, von den Etruskern, diesem geheimnisvollen Volk, das einst an der Ligurischen Küste gelandet war, ein Reich gegründet hatte und dann untergegangen war. »Bis heute weiß man nicht genau, wo sie herkamen, man hat immer noch nicht ihre Schrift enträtselt, ihren Totenkult... Ach, Anna, wir werden Volterra besuchen, das ist ein altes Etruskerstädtchen, und natürlich Florenz...« Er war wie berauscht. Die Müdigkeit, die ihm bisweilen zugesetzt hatte, war wie weggeblasen.

Von La Spezia aus suchten sie sich eine Bleibe.

Sie fanden eine kleine Felsenbucht und ein Dorf, das sie bezauberte. Die Gassen waren eng, die rosafarbenen, gelbgrauen und blauen Häuser auf Felsvorsprünge gebaut. Sie klammerten sich aneinander, als müßten sie sich gegenseitig stützen.

Anna und Herbert lehnten an verrosteten Eisengittern, hielten sich am Geländer fest und schauten auf das Meer hinunter, das blau und weiß die Felsen umbrandete, als ob sie schäumende Halskrausen trügen. Man blickte auf einen winzigen Hafen, in dem buntbemalte Boote schaukelten.

»Ist das schön, ist das schön!« sagte Anna immer wieder. »Hier bleiben wir!«

Sie gingen von Haus zu Haus und fragten nach einer Unterkunft. Vor den Türen standen große irdene Ölkrüge.

Bei einem Fischer mieteten sie zwei Stuben mit Küchenbenutzung. Es war eine primitive Behausung. Die Dusche, aus der das Wasser spärlich tröpfelte, stand draußen im steinigen Gärtchen. Sie fühlten sich frei, vom Alltag gelöst.

Nachdem sie schließlich eine Bleibe gefunden und die Koffer ausgepackt hatten, gingen sie wieder ins Zentrum des Dorfes. Sie wollten mit fröhlichen Menschen zusammen sein. In dem kleinen sauberen Speiseraum eines Lokals aßen sie und tranken Wein. Und um sie herum lachten und unterhielten sich die Gäste.

»Siehst du, Anna, das ist es, was ich mit dir erleben will – Freude!« Jeder Tag brachte Freude.

Sie fuhren mit dem Auto an der Küste entlang oder in das Hügelland hinauf. Die Natur zeigte sich in voller Pracht. An den Abhängen blühten winzige Orchideen in allen Farben. Und Pinien gab es, Kastanien, Ölbäume, deren Blätter silbrig im leichten Wind schimmerten. Und immer Sonne, Meer, blauer Himmel, an dem sich Wolken in wechselndem Spiel zu phantastischen Gebilden zusammenfügten.

Einmal hörten sie schon von weitem den Gesang kreischend heller Stimmen. Es waren Kinder, die ein frommes Lied sangen, dessen Text Anna nicht verstand. Und dann bog die Prozession um die Ecke. Voran der Priester und zwei Ministranten mit der Muttergottes auf einer Trage. Und die Kinder! Lauter kleine Mädchen in weißen Kittelkleidern und blauen Seidenschleifen am Kragen. Sie hielten Lilien in den Händen, die in gehäkelten, weißen Garnhandschuhen steckten.

Anna und Herbert blieben am Straßenrand stehen, Anna faltete die Hände und verneigte sich vor dem Priester und der Prozession. Der Priester lächelte.

Herbert trat zu ihm, ging ein paar Schritte neben ihm her und wechselte leise ein paar Worte in italienischer Sprache mit ihm. Dann kam er zu Anna zurück.

»Was wolltest du von ihm?« fragte sie.

»Ich habe ihn gefragt, wo seine Kirche ist«, antwortete er. Am Abend stiegen sie eine steile enge Treppe zum Meer hinunter.

»Das ist das Shelley-Treppchen«, erklärte Herbert. »Shelley war ein berühmter englischer Poet. Er ist 1822 in der Bucht von La Spezia ertrunken, als sein Segelboot in einem Gewittersturm kenterte. Er war kaum dreißig Jahre alt. Sein Freund, Lord Byron ließ ihn feierlich verbrennen und in Rom am Grabmal des Cestius beisetzen, wo auch Goethes einziger Sohn ruht. Shelley galt als Freidenker und erregte zu seiner Zeit viel Anstoß. Von ihm stammt der Satz: ›Ich glaube, daß Gott eine andere Bezeichnung für das Weltall ist.‹ – Hier im Süden könnte man ihm beinahe recht geben.«

»Was du alles weißt, Herbert!« sagte Anna bewundernd. »Ich lerne viel von dir.«

Sie waren allein. Das Meer warf hohe Wellen an den schmalen Strand. Herbert legte den Arm um Anna und küßte sie. »Ich bin so glücklich!« Dann zog er ein Etui aus seiner Tasche und klappte es auf. Zwei Goldreifen waren darin, Eheringe. »Ich trage sie schon lange bei mir«, sagte er. »Das erkennst du an dem Datum, das ich beim Kauf eingravieren ließ, zusammen mit den Anfangsbuchstaben unserer Namen. Morgen gehen wir zu der kleinen Kirche dort oben. Der Pfarrer erwartet uns. Der Pfarrer, mit dem ich bei der Prozession gesprochen habe. Er wird uns segnen. Dann sind wir vor Gott Mann und Frau. Ohne Standesamt, ohne Urkunde. Willst du?«

Am nächsten Tag stiegen sie die vielen Stufen zu dem Kirchlein empor. Sie knieten vor dem Altar nieder, der Priester im Ornat sprach ein lateinisches Gebet, schlug das Kreuzzeichen und erteilte ihnen den Segen.

Die Heimreise führte sie dann durch die Toskana. Anna konnte sich nicht sattsehen an der Landschaft, an den alten verwinkelten Städtchen, den Mauern, den Türmen, dem Licht, den Farben, dem goldenen Ginster. Und überall blühten Rosen, dazu Glyzinien, die bis in die Kronen der Bäume rankten.

Florenz war ihr Ziel.

Nun sah Anna all die Werke, die sie bisher nur von Kunstpostkarten kannte. Die Medici-Kapelle, das Grabmal des Giuliano de'Medici, die Marmorgestalten, ›die Dämmerung‹, ›die Nacht‹... Sie durfte Michelangelos Werke berühren.

Engumschlungen schlenderten sie durch die Straßen und bewunderten die Fassaden der prächtigen Adelshäuser.

Plötzlich blieb Anna stehen. Auch Herbert verhielt den Schritt. Unter der Arkade eines Weinlokals saß der ›Mächtige‹. Anna sah wie gebannt zu ihm hinüber. Er entdeckte sie, ihre Blicke kreuzten sich. Aber er grüßte nicht, lächelte nicht, er schenkte Anna nicht einmal ein Kopfnicken.

Ja, ja, sie hatte ihr Versprachen nicht gehalten, ihn nicht mehr besucht, nichts von sich hören lassen. In diesem Augenblick wußte Anna, daß sie die Freundschaft des ›Mächtigen‹ verloren hatte. Es war vorbei. Schade!

Und dann waren auch die schönen Ferien vorbei.

»Addio, bellezza!« sagte Herbert. »Leb wohl, Schönheit!«

Es war Nacht, als sie den Stadtrand von München erreicht hatten. Herbert, der auf dem Beifahrersitz eingenickt war, wachte auf und sah auf die Uhr. »Ich muß morgen um acht Uhr in Frankfurt sein. Ich habe eine Sitzung. Fahr mich bitte gleich zum Bahnhof, Anna. Es geht ja fast jede Stunde ein Zug.«

Auf einmal erschien es Anna unmöglich, daß sie sich von Herbert trennen sollte, so schnell, nach dieser schönen Reise.

»Ich fahre dich nach Buchschlag«, erklärte sie kurzentschlossen.

»Auf keinen Fall«, widersprach er. »Das ist viel zu anstrengend für dich. Außerdem warten Tobias und Berthold auf dich. Sie haben dich lange genug entbehrt. Sie brauchen dich. Und deine Perser... Fahr mich zum Bahnhof, bitte!«

»Nein!« entgegnete sie eigensinnig. »Wie fahren jetzt nach Buchschlag, ohne in München Station zu machen. In Buchschlag ist Katharina. Ich möchte sie sehen und ihr von unserer Reise erzählen.

»Anna«, sagte er eindringlich, »ich will das nicht. Fahr mich zum Bahnhof!«

Sie wunderte sich, daß er so energisch auf der Trennung beharrte Und plötzlich tauchte das Gesicht der schönen

Frau Bassewitz wieder in ihren Gedanken auf. All die Wochen hindurch war es versunken gewesen, zugedeckt von Erlebnissen, Kunst, Liebe. »Ich fahre dich nach Buchschlag, Herbert!« wiederholte sie.

Er schüttelte den Kopf, aber er widersprach nicht mehr.

Um sechs Uhr in der Frühe langten sie in Buchschlag an.

Todmüde stiegen sie aus dem Auto.

Es wurde nicht mehr viel gesprochen.

Herbert duschte, zog sich um, sie frühstückten. Dann fuhr er nach Frankfurt zum Gericht.

Anna wusch das Geschirr ab und räumte es fort. Sie fröstelte. Nach den rauschhaften Tagen im Süden machte sich Ernüchterung in ihr breit. Sie kämpfte dagegen an. Aber es nützte nichts.

Ich gehe jetzt zu Katharina! dachte sie. Wenn ich meine Katharina sehe, wird mir warm ums Herz.

Katharina empfing sie strahlend. »Tag Mutti, welch eine Überraschung! Wir müssen jetzt leider gleich nach München. Wir haben dort beruflich zu tun und sind schon startbereit.«

»Ach wie schade«, sagte Anna enttäuscht.

Katharina hatte keine Zeit, sich um die Mutter zu kümmern. Sie hatten einen Gast, einen Verleger aus Zürich, der bis Karlsruhe mit ihnen fahren wollte.

»Morgen sind wir wieder da«, sagte Katharina tröstend. »Bleib doch so lange hier, Mutti. Leg dich erst einmal eine Weile in meinem Zimmer hin. Du siehst erschöpft aus.«

Sie ging nach oben, und Anna folgte ihr.

Vor dem begehbaren Schrank blieb Katharina stehen, schob die Türen zurück und nahm ein Kleid heraus. »Sieh mal, Mutti, so ein Kleid habe ich mir immer gewünscht. Schon als Kind habe ich davon geträumt. Und jetzt habe ich es. Ist es nicht schön?«

Es war ein weißes Kleid aus Baumwollspitze, ein kostbares Modellkleid. »Ich habe es noch niemals angehabt«, sagte Katharina.

Von draußen ertönte ungeduldiges Rufen. Sebastian saß schon am Steuer.

Katharina umarmte Anna und küßte sie. »Bis morgen, Mutti!«

»Behüt dich Gott, mein Kind!«

Katharina lief eilig davon. »Mach es dir gemütlich, Mutti«, rief sie noch.

Anna setzte sich auf das Bett. Sie legte die Hände vor das Gesicht. Niedergeschlagenheit ergriff sie.

Was sollte sie hier? Warum hatte sie nicht auf Herbert gehört und war in München geblieben, wo ihre Söhne waren und wo Katharina jetzt hinfuhr? Der Wunsch, bei Herbert zu bleiben, Mißtrauen, Eifersucht waren übermächtig gewesen.

Ob sie sich gleich ins Auto setzen und heimfahren sollte?

Anna verzweifelte an sich selbst. Sie weinte.

13.

Es wurde ein schlimmer Tag. Anna war nun allein in Herberts Wohnung. Sie kannte niemanden in Buchschlag, mit dem sie hätte sprechen können und kam sich entsetzlich verlassen vor. Zu allem Überfluß rief Herbert auch noch an und sagte: »Ich kann heute mittag nicht nach Hause kommen, Anna. Hier ist der Teufel los. Es ist soviel liegengeblieben. Ich hatte keine Urlaubsvertretung. Es wird wahrscheinlich auch heute abend spät werden…«

Anna begann erneut zu weinen. Sie bereute es bitter, daß sie ihrem Eigensinn nachgegeben hatte.

Sie rief in München an. Niemand meldete sich. Weder Tobias noch Berthold, auch nicht einer der Perser. Rastlosigkeit plagte sie. Sie lief hin und her, aus der Wohnung auf die Straße und wieder zurück. Sie zerfetzte einen Brief und zerschnitt ihr eigenes Foto. Lauter sinnlose Tätigkeiten.

Sie konnte nichts essen. Sie hockte vor dem Telefon und wählte ständig dieselbe Nummer: ihre Nummer in München. Endlich meldete sich Tobias.

»Habt ihr was von Katharina gehört?« fragte sie hastig.

»Wieso, ist sie denn in München?« Seine Stimme klang verdutzt.

»Ja.«

»Und wo bist du, Mutti?«

»In Buchschlag. Falls Katharina euch anruft, gebt mir sofort Bescheid!

»Wird gemacht!« antwortete Tobias fröhlich. »Übrigens bin ich heute mit dem Examen fertig geworden, Mutti. Ich bin zufrieden. Sehr gut!«

»Schön«, sagte sie nervös. »Wiedersehen, Tobias. Ich komme morgen zurück.« Sie legte auf.

Der Tag schlich dahin. Immer noch keine Nachricht von Katharina. Warum rief sie nicht von München aus an? Es paßte nicht zu ihr, daß sie die Mutter im Ungewissen ließ. Sie rief immer an, wenn sie unterwegs waren.

Kein Anruf!

Anna ging frühzeitig zu Bett und weinte sich in den Schlaf. Als Herbert zu später Stunde nach Hause kam, weckte er sie. »Was hast du, Engelsgesicht? Du hast ganz laut im Schlaf gesprochen.« Er wollte sie küssen.

Sie wehrte ihn ab. »Laß mich! Katharina hat noch nirgends angerufen. Weder bei den Buben noch bei mir.«

Herbert versuchte, sie zu beruhigen, aber seine Worte steigerten noch ihre Gereiztheit. »Laß mich bitte in Ruhe, Herbert!«

»Ich bin da, wenn du mich brauchst«, sagte er und zog sich in sein Zimmer zurück.

Anna drückte den Kopf in die Kissen und flüchtete sich wieder in den Schlaf.

Gegen ein Uhr nachts schreckte sie auf, weil sie hörte, wie die Wohnungstür geschlossen wurde. Schwere Schritte näherten sich ihrem Zimmer. Die Tür wurde geöffnet. Im Türrahmen standen drei Männer. Anna erkannte sie trotz der Dunkelheit sofort. Es waren ihre beiden Söhne und Sebastian. Mit gesenkten Köpfen standen sie da, einer hinter dem anderen.

»Wie kommt ihr hier herein?« fragte Anna benommen.

»Herbert hat Sebastian für die Zeit eures Urlaubs einen Zweitschlüssel gegeben.« Tobias trat an Annas Bett. »Mutti, du mußt jetzt sehr stark sein...«, sagte er zögernd. »Es ist etwas Furchtbares passiert.«

Anna setzte sich im Bett auf, und als sie begriff, daß die Männer allein waren, rief sie: »Wo ist Katharina?«

»Katharina ist bei einem Autounfall verunglückt... tödlich verunglückt«, stammelte Tobias.

Anna starrte ihn eine Weile stumm an. Dann brach es aus ihr hervor: »Das glaube ich nicht, das glaube ich nicht! Nein, nein! Sagt mir, daß sie in einem Krankenhaus liegt! Ich fahre dann gleich zu ihr, sie braucht mich...«

Anna war wie von Sinnen, sie wiederholte unentwegt die gleichen Sätze.

So ging es bis zum Morgen. Alle waren zum Umfallen erschöpft, auch Herbert, der immer wieder vergeblich versuchte, Anna zu trösten. Schließlich wandte sich Anna an Sebastian: »Ich will hier nicht bleiben. Ich will zu Katharina... Ich meine, ich möchte ihr nahe sein... bei euch zu Hause.«

Sebastian nickte, und sie machten sich schweigend auf den Weg. Als Anna dann das Haus ihrer Tochter betrat, sah sie drei rote Rosen auf dem Dielentisch liegen. Sie nahm sie in die Hand und fragte: »Von wem sind die Rosen?«

»Der Freund, der mit uns bis Karlsruhe gefahren ist, schenkte sie Katharina zum Abschied«, antwortete Sebastian.

»War er dabei, als es passierte?« Anna hatte ein taubes Gefühl im Kopf, und sie wunderte sich, daß sie so schrecklich sachliche Fragen stellte.

»Nein«, sagte Sebastian. »Es geschah ja auf dem Rückweg von München.«

Warum lagen die drei langstieligen Rosen auf dem Tisch? Warum waren sie nicht bei Katharina, der sie gehörten, und von der Sebastian und die Söhne sagten, sie sei tot?

Da stimmt etwas nicht! dachte Anna. Es ist alles nicht wahr. Ich habe einen meiner Alpträume...

Laut sagte sie zu Sebastian und den Jungen: »Legt euch hin, Kinder, versucht zu schlafen!« Dann sah sie sich in der Wohnung um und lauschte. Jetzt mußte Katharina doch jeden Augenblick aus ihrem Zimmer, aus dem Atelier oder aus der Küche kommen...

Niemand kam.

Und Anna entdeckte einen Schuh ihrer Tochter, der mit Blut bespritzt war. Auch ihre braune Wildlederjacke, den grauen Flanellrock und die weiße gefältelte Batistbluse, die unerbittliche Beweise der unfaßbaren Nachricht waren.

Anna ging in die Küche. Die Erstarrung wollte nicht von ihr weichen. Ihr Gehirn funktionierte nicht. Es kamen keine Tränen, aber sie machte alles richtig. Sie begann ein Frühstück vorzubereiten.

Ein paar Sonnenstrahlen fielen durch den orangefarbenen Vorhang und malten blasse Streifen auf den himmelblauen Fußboden und auf die Wände, die von den weißen Linien der Regale durchzogen wurden, auf denen standen Gläser in allen Größen, Formen und Farben. Katharina hatte sie auf ihren Reisen zusammengetragen. Lichtreflexe tanzten in ihnen.

Die Vorräte zeigten, wie verschwenderisch Katharina zu wirtschaften pflegte: Das Roastbeef im Kühlschrank hätte mindestens für acht Personen gereicht. Ein Stapel frischgebackener Tortenböden stand auf der Anrichte, ein Berg Obst lag in einem flachen Korb: Äpfel, Birnen, Orangen.

Anna schüttelte den Kopf und deckte den Frühstückstisch in der Diele, so wie Katharina es immer tat, wenn Besuch da war.

Als Anna nach ihren Söhnen sah, fand sie sie schlafend. Tobias im Wohnzimmer, Berthold im Atelier.

Sebastian dagegen lag wach auf dem breiten Ehebett im Schlafzimmer.

Der dunkle Vorhang an den Fenstern war nicht zugezogen. Durch die Scheiben sah man die riesige Tanne im Garten. Der Anblick gemahnte an einen Friedhof.

»Komm, Anna!« sagte er. »Setz dich zu mir!«

Anna trat widerstrebend näher und setzte sich auf die Bettkante.

»Wie konnte das geschehen?« fragte sie und wunderte sich wieder über ihre nüchterne Frage.

Sebastian preßte die Hände an die Schläfen. »Laß mich, Anna! Ich kann nicht sprechen, ich weiß nicht…«

»Wie konnte das nur geschehen?« wiederholte sie.

»Sie ist aus dem Auto gefallen.«

»Aus dem Auto gefallen?«

»Ja, beim Aufprall gegen das Brückengeländer sprang die Tür auf. Der Wagen war ins Schleudern geraten.«

»Und dir ist nichts passiert?« fragte Anna.

Er hielt ihr seine rechte Hand hin; der kleine Finger wies eine Verletzung auf. »Ich wechselte auf den Fahrersitz über und brachte den Wagen zweihundert Meter weiter zum Stehen.«

»Warum geriet der Wagen ins Schleudern?« fragte Anna weiter.

»Es ging ein Gewitter nieder, die Straße war naß.«

»Warum hast du Katharina fahren lassen? Das hast du doch sonst nie gemacht, wenn du dabei warst.«

»Ich wollte ihr eine Freude machen. Du weißt ja, Anna, wie gern sie den Wagen fuhr.«

»Warum habt ihr euch denn nicht ausgeruht? Warum habt ihr nicht irgendwo übernachtet?«

»Wir waren früher fertig geworden und wollten so schnell wie möglich zurück an die Arbeit. Du weißt doch, daß wir eine Dokumentation herausbringen wollten.«

»Warum habt ihr denn nicht angehalten, als das Gewitter niederging?« bohrte Anna weiter.

»Das Gewitter war nicht allein der Grund für den Unfall. Da war wohl auch noch eine Ölspur auf der Fahrbahn. Die Polizei sagte mir, daß ein belgisches Ehepaar am Tag vorher an derselben Stelle tödlich verunglückt ist.«

Für Anna klangen seine Erklärungen nicht überzeugend, sie wurde nicht klug aus seinen Worten. Argwohn stieg in ihr auf. Vielleicht hatte Sebastian selbst am Steuer gesessen? Vielleicht trug er die Schuld an dem Unfall und wollte es nur nicht zugeben? Sie hatte es doch immer gefühlt, daß er nicht gut für ihre Tochter war. Sie hatte Katharinas Tod geträumt, im Traum Sebastians Gesicht gesehen, leichenblaß und voller Tragik...

»Und das Auto ist auch ziemlich hin«, murmelte er.
»Aber das ist doch völlig unwichtig!« rief Anna zornig.
Die Söhne kamen, auch Herbert.
»Was ist nun als erstes zu erledigen?« wollte Tobias wissen.
»Ich muß telefonieren«, sagte Sebastian, »mit der Werkstatt, die den Wagen abgeschleppt hat. Der ist natürlich ziemlich beschädigt.«
Anna warf ihm einen bösen Blick zu. Schon wieder fing er mit dem Auto an, obgleich sie ihn doch deshalb gerade erst getadelt hatte! Es kam ihr nicht in den Sinn, daß Sebastian in dem gleichen erstarrten Zustand sein könne wie sie selbst und daß er deshalb in einer Weise reagierte, die seine Umgebung befremden mußte. Es kam ihr nicht in den Sinn, daß er genauso litt wie sie selbst.
»Wo soll sie eigentlich begraben werden?« fragte sie, obwohl sie Katharinas Tod immer noch nicht wahrhaben wollte.
»Hättest du etwas dagegen, wenn ich sie nach Salzburg bringe?« fragte Sebastian.
»Buchschlag wäre an sich das nächstliegende – nach den Vorschriften«, schaltete sich Herbert ein.
»Mir wäre der Münchner Waldfriedhof am liebsten«, sagte Anna, »dann hätten wir sie in der Nähe und könnten sie immer besuchen. Der Waldfriedhof ist ein großer Park. Man merkt gar nicht, daß es ein Gottesacker ist. Da wird es Katharina gefallen...«
Die Söhne nickten zustimmend, doch dann sah Tobias, der Mediziner, die Mutter besorgt an und sagte behutsam, aber auch eindringlich: »Mutti! Mutti, Katharina ist tot!«
»Ja, Tobias«, bestätigte sie hilflos.
»Ihr werdet auf die Dauer nicht in München bleiben«, meinte Sebastian. »Wenn Tobias und Berthold erst selb-

ständig sind, gehen sie weg. – Ich möchte Katharina in Salzburg haben.«

Wieder quollen in Anna bittere Gedanken hoch, und so sehr sie sich auch bemühte, die Feindseligkeit niederzukämpfen, die sich gegen den Schwiegersohn richtete – es gelang ihr nicht.

»Salzburg war ja eigentlich Katharinas Wahlheimat«, mischte sich Herbert erneut ein. »Dort hat sie ihre Mädchenjahre verbracht, dort hat sie Sebastian kennengelernt. Im Grunde entsprach diese Stadt doch ganz ihrem Wesen, nicht wahr, Anna?«

»Ja«, flüsterte sie.

Sebastian nahm den Hörer vom Telefon. »Ich muß den Werbeleiter in Ingelheim anrufen.« In Ingelheim befand sich eine pharmazeutische Fabrik. Er wählte langsam und bedächtig die Nummer, sagte dann, als der Teilnehmer sich meldete: »Ich kann in der nächsten Zeit nicht für Sie arbeiten. Meine Frau ist tödlich verunglückt.«

Er sprach ohne Erregung, kühl und geschäftsmäßig, als erledige er die Angelegenheit für einen anderen, als beträfe sie ihn nicht selbst. Und in Anna keimte gegen alle Vernunft eine vage Hoffnung auf: Meinte Sebastian am Ende gar nicht Katharina? Handelte es sich vielleicht um ein Mißverständnis? War ihr armer betäubter Kopf einer Halluzination zum Opfer gefallen?

Es entstand eine Pause.

Anna hörte undeutlich den erschrockenen Ausruf des Werbeleiters: »Nein! Das ist doch unmöglich!« Die weiteren Worte waren nicht zu verstehen.

Sebastian legte auf und rief eine Werbeagentur in Wiesbaden an. Als sich dort der Teilnehmer meldete, wiederholte Sebastian den Satz: »Ich kann in der nächsten Zeit nicht für Sie arbeiten. Meine Frau ist tödlich verunglückt.«

Wieder trat eine Pause ein, es war wie bei dem vergangenen Gespräch.

Danach rief er seine Schwester in Gmunden an. »Katharina ist tot. Hältst du es für möglich, daß sie als Nichtösterreicherin einen Platz auf dem Friedhof in Salzburg bekommt? Kannst du das mit dem Pfarrer besprechen? – Ja, das schöne Auto ist natürlich ziemlich beschädigt.«

»Sebastian!« schrie Berthold empört. »Bist du nicht normal? Hör endlich von dem Auto auf! Was ist nur los mit dir?«

Sebastian gab keine Antwort, er schaute mit leerem Gesichtsausdruck vor sich hin.

Dann griff er wieder nach dem Hörer. Er rief einen Texter an, einen Freund, gab ihm die Trauerbotschaft bekannt und bat ihn, die Todesanzeige zu entwerfen.

Der Texter kam kurz darauf, er setzte sich allein ins Wohnzimmer, um über den Entwurf nachzudenken. Er hatte Katharina gut gekannt und sie verehrt. Noch vor wenigen Tagen hatte er sie im selben Raum gesehen und sich mit ihr unterhalten.

Er dachte lange nach, aber er bekam die Anzeige nicht zustande, so daß Herbert sie schließlich aufsetzte.

KATHARINA STEINWIESER
geborene Ritter,
ist am 4. Juni 1958 tödlich verunglückt.
Zeitlebens voll guter Gedanken, hat sie an uns allen mit unermüdlicher Schaffensfreude ihr junges Leben erfüllt.
Auf Erden ist uns kein Trost.

Sie packten ihre Sachen zusammen, um zu dem Dorf Scheppau an der Autobahn zu fahren, wo Katharina war.

Herbert fuhr nicht mit. Die Erschütterung hatte ihn krank gemacht, er bekam hohes Fieber.

Sie saßen schon im Auto, als Anna das Gespräch einfiel, das sie mit ihrer Tochter geführt hatte, bevor Katharina ihre letzte Reise antrat.

Anna stieg aus dem Auto, eilte in das Haus zurück und holte das Kleid aus Baumwollspitzen. Sie hatte es noch nie an ihrer Tochter gesehen, jetzt sollte Katharina es tragen.

Aber das Kleid war ärmellos, und Anna fürchtete, Katharina könne frieren, deshalb nahm sie auch den rosa Morgenrock mit. Und zwei Engelsköpfe, die Katharina noch in ihrer Salzburger Zeit als Keramikerin modelliert hatte und an denen sie sehr hing.

Im Garten brach Anna Blütenzweige von dem Kirschbaum, den Fliedersträuchern und den Mandelbäumen, um sie ihrer Tochter zu bringen.

Als sie einige Kilometer gefahren waren, hielt Sebastian vom Rücksitz aus wortlos Anna seine Hand hin. Schon seit Stunden hielt er etwas krampfhaft in der geballten Faust. Nun öffnete er die Faust, auf seiner Handfläche lag Katharinas Schmuck: die Perlenkette, das Goldkettchen mit der Münze, der Ring mit dem Mondstein und ihr Trauring.

Sebastian ließ den Schmuck in Annas Hand gleiten, und sie umschloß ihn mit ihren Fingern, so wie ihn vorher Sebastians Finger umschlossen hatten.

Anna glaubte, daß noch eine Spur Lebenswärme von dem Schmuck ausginge. Das verschaffte ihr Erleichterung. Und plötzlich war ihr Kopf klar und sie wußte: Katharina ist tot! Sie wußte es jetzt.

»Dort ist das Dorf«, sagte Sebastian auf einmal. Er drehte den Kopf zur Seite und blickte über die Felder.

Das Dorf war von der Autobahn aus gut zu sehen. Die Kirche stand auf einer Anhöhe. Sie überragte die Häuser, die sich klein und verstreut um die Kirche sammelten. Sie fuhren bis vor das Pfarrhaus.

Dorfkinder liefen herbei und betrachteten neugierig die Ankömmlinge, so als wüßten sie schon, warum das fremde Auto hier hielt.

Anna hob den Mantel hoch und hielt ihn vor das Fenster, um sich vor den Blicken der Kinder zu schützen. Dabei sah sie ihr Gesicht im Autospiegel, es war rotfleckig, verstört, ganz fremd.

Aus dem kleinen Haus neben der Kirche traten der Kirchendiener und seine Frau.

Sebastian schien sie schon zu kennen. Er sprach mit ihnen. Berthold nahm die Blütenzweige und den Koffer, der das Spitzenkleid, den Morgenrock und die Engelsköpfe enthielt.

»Ich will zu ihr«, sagte Anna.

»Nein, Mutti«, sagte Tobias, »mach das nicht! Behalte Katharina so in Erinnerung, wie sie war.«

Anna gehorchte.

Der Unglückswagen stand in einer Garage an der Auffahrt zur Autobahn. Er hatte ein paar tiefe Schrammen, und die linke Tür war verklemmt. Sie ließ sich nicht öffnen.

Der Unfall blieb Anna ein Rätsel.

»Wir müssen noch zum Bürgermeister, damit wir die Erlaubnis bekommen, Katharina nach Salzburg zu überführen«, sagte Sebastian.

Er erhielt die Erlaubnis.

Als Katharina auf dem Kommunalfriedhof in Salzburg beigesetzt wurde, war Herbert immer noch krank, so daß er nicht an der Beerdigung teilnehmen konnte.

In der Aussegnungshalle stand der braune Sarg aus Kiefernholz. Plötzlich erschien es Anna ganz und gar undenkbar, daß Katharina darin lag: im weißen Spitzenkleid, im rosa Morgenrock, mit den beiden Engelsköpfen.

Sie streichelte den Sarg. »Er ist so klein und schmal wie ein Kindersarg. War Katharina denn so klein und schmal?«

»Ja«, antwortete Sebastian, »sie war sehr schmal.«

Als sich der Trauerzug in Bewegung setzte, schien der Friedhof zum Leben zu erwachen. Von allen Seiten strömten junge Leute herbei, um sich anzuschließen. Katharinas Freunde aus Bad Reichenhall und aus Salzburg.

Am Grab sprach der Pfarrer, der vor wenigen Jahren Katharina und Sebastian getraut hatte. Er pries Katharina als frühvollendet, man müsse sie mit anderen Maßen messen, da sie eine Künstlerin gewesen sei. Und er sagte: »Der Tod öffnet ihr die Pforten zum Paradiese...«

Da schrie Anna auf: »Das ist nicht wahr! Der Tod hat ihr das Tor zum Leben zugeschlagen. Sie wollte leben...« und mit tränenerstickter Stimme murmelte sie unaufhörlich die gleichen Worte: »...nur leben wollte sie, nur leben...« Sie zitterte am ganzen Körper. Die Söhne konnten sie nur schwer beruhigen.

Schließlich war alles vorbei. »Erde zu Erde, Staub zu Staub.«

Katharina war fortgegangen, unwiderruflich.

Am Nachmittag tranken sie Kaffee bei einer befreundeten Familie, die ein Haus am Rande der Stadt besaß.

Das Haus stand inmitten eines verwilderten Gartens, in dem Phlox in vielfarbiger Fülle blühte und seinen süßen Duft ausströmte. Phlox – ein Himmelsleitergewächs.

Es war ein heißer Föhntag, die Sonne brannte.

Das Kaffeetrinken verlief ohne Sentimentalität. Die Beklemmung war von den Trauergästen abgefallen. Man plauderte. Jeder versuchte zu berichten, was er aus Katharinas Leben wußte. Sebastian saß abseits und schwieg. Er schaute grübelnd vor sich hin. Anna wußte nicht, was er dachte. Sie hatte den Eindruck, daß er sich in jeder Minute weiter von ihnen allen entfernte, daß er weg wollte.

Ein Verleger gesellte sich zu Anna. Er war zu dem Begräbnis aus Frankfurt gekommen. »Gnädige Frau«, sagte er, »ich habe Ihre Tochter sehr verehrt, ich habe sie lieb gehabt. Jeder, der sie kannte, hatte sie lieb. Sie hat ja für uns gearbeitet. Sie hat zusammen mit Sebastian die schönsten Buchumschläge für uns entworfen. Und sie war so jung, talentiert, sie hatte noch so viel vor, große Pläne...«

»Ich weiß«, sagte Anna nur.

Sie fuhr dann mit ihren Söhnen nach München zurück. Sebastian blieb in Salzburg.

Unterwegs sagte Tobias: »Du, Mutti, ich habe Sebastian vorgeschlagen, für ein paar Tage mit mir ins Hochgebirge zu gehen, in eine Hütte.«

»Und will er das?« fragte Anna.

»Ja. Wir machen uns morgen auf den Weg.«

Doch Tobias kam schon nach wenigen Tagen wieder heim – ohne Sebastian.

»Was habt ihr oben gemacht?« fragte Anna.

»Sebastian hat ein altes Holzkruzifix restauriert«, sagte Tobias.

Weiter erzählte er nichts.

14.

In den folgenden Monaten vermieden sie es, von Katharina zu sprechen.
Den Witwer sah Anna kaum. Auch wenn sie bei Herbert in Buchschlag war, traf sie Sebastian nicht an. Und es war ihr auch lieber so.
Sie sprachen nicht von Katharina, aber Katharina kam oft im Traum zu Anna.
Sie trug das weiße Spitzenkleid und setzte sich auf den Bettrand.
»Wie geht es Sebastian? Was macht seine Arbeit?«
»Sein Aufstieg geht ungebrochen weiter, Katharina. Überall sieht man seine Plakate, seine Buchumschläge.«
»Ich freue mich, Mutti. Ich habe es dir ja immer prophezeit, schon in Reichenhall. Alle meine Wünsche erfüllen sich. Du darfst nicht schlecht von ihm denken. Versprich mir, daß du keinen Groll gegen ihn hegst. Du mußt Sebastian mit meinen Augen sehen...«
»Ach, Katharina, ich fühle mich schuldig. Warum bin ich nicht in München geblieben? Ich hätte dir an dem Unglückstag nicht erlaubt, am gleichen Abend nach Frankfurt zurückzufahren. Ich hätte dich festgehalten...«
»Aber ich hätte mich nicht festhalten lassen, Mutti! Es sollte so sein. Quäl dich nicht! Dich trifft keine Schuld...«
Und dann lag Anna in halbwachem Zustand da und wußte nicht, was Traum und was Wirklichkeit war. Nur langsam kehrte das Bewußtsein zurück. Sie weinte.
Herbert legte ihr die Hand auf die Stirn. Die leichte Berührung half ihr.

So war es jedes Mal.

Die Träume wiederholten sich lange Zeit.

Tobias war nun Assistenzarzt im Schwabinger Krankenhaus, er wollte in die Forschung gehen.

Berthold sattelte um, er wurde nicht Ingenieur, sondern Betriebswirt.

Herbert war Anna jetzt nur Freund, Bruder. Er war feinfühlig, er wartete.

Und er riet ihr: »Schreib an deinem Manuskript, Anna! Schreiben, das ist gut für dich. Eine Arbeit, die alle Kräfte in Anspruch nimmt, Verstand, Herz, Nerven, Gefühl. Eine Arbeit, die erleichtert und befreit.«

Anna stürzte sich in die Arbeit. Sie schrieb die Geschichte ihrer Tochter. »Du kennst weder Tag noch Stunde...«

Monate verstrichen, ein Jahr.

Allmählich erschien ihr Katharina seltener. Schließlich gar nicht mehr.

Nur noch ein einziges Mal. Als Sebastian heiratete – Inga. »Du mußt ihn verstehen, Mutti, er kann nicht allein sein...«

Der Winter kam, der Frühling.

Anna wurde sich der Isolation bewußt, in die sie sich hineingeschrieben hatte. Es wurde still um sie.

Eigentlich lebte sie gegen ihre Natur. Sie hatte gern Menschen um sich. Zu Menschen sprechen, nicht nur auf dem Papier, Antworten hören, nicht immer nur auf Herbert warten. Ins Theater gehen, in die Oper, ins Konzert, in Kunstausstellungen. Aber allein wagte sie es noch nicht. Sie brauchte einen Mann an ihrer Seite – Herbert.

Die Söhne heirateten. Zuerst Tobias. Es ging nicht ohne Kämpfe ab. Es war so ähnlich wie bei Katharina und Sebastian. Anna wollte den Sohn nicht hergeben, sie wünschte sich eine andere Frau für ihn. Erst später sah sie ein, daß Tobias richtig gewählt hatte. – Dann heiratete auch Berthold. Und Anna beschlich das Gefühl, daß die Einsamkeit immer stärker auf sie zukam und sie einzumauern drohte.

Sie dachte nun oft über ihre Vergangenheit nach: Kindheit, Jugend, die Ehe mit Martin, Krieg, Martins Tod, Flucht, Neubeginn – ein langes ereignisreiches Leben.

»Ich möchte das alles aufschreiben in mein blaues Schulheft«, sagte sie zu Herbert. »Aber je älter ich werde, desto schneller scheint die Zeit zu verfliegen. Ich habe Angst, daß ich nicht mehr alles schaffe, was ich vorhabe. Du mußt zu mir nach München ziehen. Nach Frankfurt gehe ich nicht. Frankfurt ist nicht meine Stadt. Du weißt schon – Katharina...«

»Das ist nicht so einfach«, sagte er. »Der bayerische Staat übernimmt mich nicht in die Justiz. Ich könnte höchstens meine Frühpensionierung anstreben. Mit meinem kranken Herzen ginge das vielleicht.«

»Und dann?« fragte Anna. »Ohne Arbeit?«

»Ich würde mich nicht langweilen ohne die Aktenberge«, antwortete er. »Ich hätte meine Geige, meine Bücher, wir könnten reisen, an die Cote d'Azur, in die Toskana, monatelang in den Tag hinein leben, ohne ängstlich auf das Datum schauen zu müssen. Wir hätten beide unsere Pensionen. Meine wäre zwar nicht hoch, weil ich nur wenige Dienstjahre habe, aber ich brauche nicht viel. An Besitz liegt mir nichts. Und notfalls«, er lächelte verschmitzt, »notfalls könnte ich am Straßenrand Geige spielen, und du gehst mit dem Hut sammeln...«

»Aber Herbert«, sagte sie ohne ein Lächeln, »du redest wie ein Bohémien. Ein Leben ohne Arbeit? Du bist zu jung, um ohne berufliche Pflichten zu sein.«

»Zu jung?« wiederholte er nachdenklich. »Zu jung? Wenn ich alt bin, kann ich womöglich all die Schönheiten, all die Freuden nicht mehr genießen. Und wer weiß, ob ich alt werde? Mein Vater starb jung, mein Großvater auch.«

Anna schwieg eine Weile. Dann sagte sie: »Ist das dein Ernst, Herbert? Du würdest mit mir herumvagabundieren und unser Geld ausgeben wollen? Ich will noch so viel anschaffen für die Wohnung, alte Möbel, Teppiche, Antiquitäten. Wenigstens zehn Jahre mußt du es noch aushalten bei der Staatsanwaltschaft. Könntest du wirklich ohne Arbeit leben?«

»Ja!« antwortete er ruhig. »Aber leider bleibt das wohl ein Wunschtraum. Ich fürchte, man wird mir keine Frühpensionierung bewilligen.«

»Keine Arbeit, keine Pflichten!« Anna schüttelte den Kopf. »Auf die Idee, Kommentare zu schreiben oder endlich deine Doktorarbeit in Angriff zu nehmen, kommst du wohl gar nicht?«

»Geliebte kleine Spießerin!« Er nahm sie in die Arme. »Ich höre Frau Weise aus deinen Worten sprechen: Das Leben ist kein Vergnügen, sondern eine schwere Aufgabe... Wenn du tatsächlich Wert auf den akademischen Schnörkel legst, dann suche ich mir eben einen Doktorvater. Nur nicht gleich. Jetzt machen wir erst einmal eine Reise. In den Süden, ans Meer. Wir wollen uns ein bißchen freuen. Ja?«

Sie nickte. Doch dann sagte sie: »Aber erst nach dem 4. Juni.«

Der 4. Juni war Katharinas Todestag.

Danach brachen sie auf.

Anna war bedrückt. Und die Bedrückung hielt an. Sie konnte sich nicht über die Reise freuen. Nicht so wie früher. Sie ließ die Wohnung in der Obhut von Tuna Tari und Subutai, die immer noch studierten und es augenscheinlich nicht eilig hatten, ein Examen zu machen.

Die Reise ging nach Frankreich. Wie vor sieben Jahren. Oder waren es schon acht? Oder erst fünf? Anna rechnete nicht nach. Herbert war der Reisemarschall – wie immer. Er studierte die Autokarten, las Anna aus Provence-Büchern vor. Über jedes Schloß wußte er eine Geschichte zu erzählen.

Anna saß am Steuer, Herbert neben ihr, er sang in französischer Sprache, lachte, erklärte und wurde immer jünger, immer fröhlicher, je weiter das Auto gen Süden rollte.

Er sprach mit den Portiers der kleinen Hotels, in denen sie übernachteten. Sein blasses Gesicht nahm Farbe an, die stundenlangen Fahrten strengten ihn nicht an.

»Was macht dein krankes Herz?« fragte Anna.

Er strahlte. »Es liebt dich heftig!«

Anna schüttelte den Kopf

Als sie in Monaco die erste Fischsuppe aßen, sagte er: »Hier möchte ich leben. Mit dir, Engelsgesicht. Du könntest eine Sprachschule besuchen und Französisch lernen, weil du ja ohne Arbeit und Ziel nicht sein kannst. Wie wäre das?«

»Monaco? Das ist viel zu elegant und zu teuer«, sagte sie. »Außerdem ist das ja nur ein Scherz von dir. Ich bin müde.«

»Ich bin überhaupt nicht müde«, sagte er munter. »Weißt du, diesmal gehen wir nicht nach Pampelon. Diesmal bleiben wir in St. Tropez, wo Leben ist«.

In einer engen Gasse in der Nähe des Hafens fanden sie ein kleines Hotel, das ihnen gefiel. Aber alle Zimmer waren vermietet.

Herbert sprach mit dem Besitzer, und der meinte schließlich: »Ich gebe Ihnen meine Privatwohnung. Ich wohne sowieso in meinen Weinbergen. Da habe ich ein Häuschen. Ich komme nur zum Kassieren runter, jeden Tag – ein, zwei Stunden.«

Die Wohnung war reizend. Sie lag im ersten Stockwerk. Zwei kleine Zimmer, eingerichtet mit alten provenzialischen Möbeln, ein Duschbad. Die Küche hatte der Hotelbesitzer zugesperrt. Von der Wohnung führte eine gewundene Stiege zu einem Dachgarten hinauf. Der Dachgarten war ein Paradies mit Blumen und Palmen und einem herrlichen Rundblick über das Meer und die Küstenstädte. Im Westen Marseille, im Osten Nizza. Und der Hafen, in dem Fischerboote und die Yachten der Millionäre schaukelten. An jedem Mittwoch war Markt, und dann drängten sich die Menschen, alle heiter, alle sorglos, sie umarmten und küßten sich, wenn sie sich begrüßten, lachten, schwatzten. Prominente, Touristen aus aller Herren Länder, Hippies, Kinder, Einheimische. Herbert ging täglich zum Blumenmarkt und brachte Unmengen von Nelken und Rosen mit, die er für wenig Geld kaufte.

Anna liebte den Dachgarten. Besonders am Morgen, wenn die Luft noch frisch und voller Meergeruch war – und am Abend, wenn sich der Himmel über Dächern und Bergen zu sanftem rötlichem Lila verfärbte. Aber auch in der Nacht, wenn die Sterne zum Greifen nah und groß am fast veilchenfarbenen Himmel blitzten.

Schon frühmorgens deckte Anna den Frühstückstisch auf dem Dachgarten. Herbert holte aus dem nahegelegenen Café frische Croissants und den Kaffee in der Thermosflasche.

Eines Morgens lehnte Anna an dem blumenüberwucherten Mäuerchen, das den Dachgarten umgrenzte und schaute nach Herbert aus.

Gedankenverloren beobachtete sie den Hafen, die Straße, die Passanten.

Ein junger Mann fiel ihr auf. Groß, schlank und beschwingt wanderte er dahin. Sein blondes Haar wehte im Frühwind, sein schmales Gesicht war braun gebrannt. Er trug ein blaues Hemd, dessen Manschetten lässig zurückgeschlagen waren, helle Baumwollhosen. Ein schicker Mann!

Zwei hübsche Mädchen kamen ihm entgegen. In knappen Shorts, die langen Beine gebräunt, die jungen Brüste wippten verführerisch unter weitausgeschnittenen hauchdünnen Seidenblusen. Sie lachten den jungen Mann an.

Er wandte ihnen den Kopf zu. Dann ging er weiter.

Die Mädchen blieben stehen, sahen ihm nach und kicherten miteinander.

Der junge Mann bog zum Café ein. Und da erkannte Anna ihn. Es war Herbert.

Ihr wurde heiß. Es war wie ein Stoß vor die Brust. Als ob sie aus einer Erstarrung erwachte.

Herbert! Die blutjungen Mädchen! Sie würden bestimmt gern mit ihm durch die Länder zigeunern, ohne nach Pflichten und Arbeit zu fragen.

Plötzlich wurde Anna klar, daß sie Herbert nach Katharinas Tod vernachlässigt, ihm nicht genug Zärtlichkeit gegeben hatte. Sie hatte alles angenommen: seine Fürsorge, seine Geduld, seine Zeit, seine Liebe. Immer genommen! Er hatte ihren Schmerz geteilt und mitgetragen, ihm hatte sie ihre zwiespältigen Gefühle, die Sebastian betrafen, aufgebürdet, und er hatte versucht, zu trösten, aufzuhellen, zu beschwichtigen. Und er war doch noch jung!

Anna eilte hinunter in die Wohnung und blickte in den Wandspiegel. War sie noch schön genug für Herbert?

Diese blutjungen Mädchen!

Herbert behauptete zwar, keine jungen Mädchen zu mögen, aber es gab auch viele Annas auf der Welt, Annas mit Häusern, Geld, großen Autos, ohne Familie, ohne einen Sack voll Sorgen...

Ich muß mich ändern, dachte Anna leidenschaftlich. Ich darf Herbert nicht verlieren. Ich liebe ihn, ich kann nicht loslassen. Bisher hat er immer um mich geworben. Jetzt bin ich an der Reihe. Als Herbert dann auf dem Dachgarten auftauchte, lief sie ihm entgegen. »Ich bin froh, daß du wieder da bist!«

Er lachte ein wenig erstaunt. »Aber, Engelsgesicht, hast du etwa Angst um mich gehabt?«

»Ich liebe dich!« sagte sie.

Das hatte sie schon lange nicht mehr gesagt.

»Ich weiß es«, sagte er.

»Verlaß mich nicht!« bat sie leise.

»Was ist denn geschehen?« fragte er. »Ich verlasse dich nicht, Anna. Nie! Das schwöre ich dir.«

Dieser Morgen brachte eine Wende.

Die Tage, die nun folgten, waren erfüllt von Liebe, Zärtlichkeit, Freude.

Sie standen auf der Hafenmole, seine Hand lag auf ihrer Schulter, sie wechselten ein paar Worte mit den Fischern, die ihre Netze knüpften. Sie lachten, wenn Anna über die Luxusschiffe spottete, auf deren Decks blaugestreifte Kinderfräulein mit den Sprößlingen der reichen Besitzer spielten. »Die Zwerge da wirken jetzt schon gelangweilt«, sagte Anna. »Winzige Snobs!«

»Nur kein Neid!« erwiderte Herbert. »Du kennst doch die Fabel vom Fuchs und den sauren Weintrauben, nicht wahr?«

Sie lagen am Strand, sonnten sich, schwammen im Meer. Herbert deklamierte Gedichte.

Oder sie bummelten durch die Gassen, blieben vor den Boutiquen stehen, betrachteten die Auslagen, und Anna kaufte Herbert einen sandfarbenen Kaschmirpullover.

»Leichtsinnig bist du!« lachte Herbert.

»Ich bin glücklich«, sagte sie.

Auch er wollte ihr etwas schenken.

In einer kleinen Boutique entdeckte Anna einen schwarzen Lackmantel. Für Regentage.

Dreimal probierte sie ihn an, aber Herbert konnte sich nicht entschließen.

Am vierten Tag brachte er ihn. »Du mußt wissen, Anna«, gestand er, »eigentlich bin ich geizig. Aber für dich springe ich über meinen eigenen Schatten. Und stell dir vor, was der Inhaber des Geschäfts zu mir gesagt hat... ›Haben Sie sich endlich durchgerungen, Monsieur? Wenn ich eine so schöne Frau hätte, würde ich nicht lange überlegen...‹ Er hat mich beschämt, dieser Mann.«

Sie unternahmen Ausflüge nach Nizza, Cannes, nach Monte Carlo, wo sie durch die Spielbank wanderten, ohne Geld zu riskieren.

»Glück in der Liebe, Glück im Spiel, bedenk, für einen ist's zu viel...«

Sie fuhren in die Berge hinauf, zu dem Ort, in dem Picasso töpferte, zu den Blumenfeldern der Parfümstadt Grasse, ins Esterel, das Anna begeisterte mit dem Rot der Felsen, dem Blau des Meeres, dem Grün der Pinien.

Diesmal suchten sie nicht die Einsamkeit. Sie saßen in Straßencafés, hielten sich an den Händen, tanzten abends in einer Bar. Die Kapelle spielte »La vie en rose«, und Anna sang flüsternd den deutschen Text mit: »Schau mich bitte nicht so an, du weißt genau, ich kann dir dann nicht widerstehen...« Sie küßten sich, klammerten sich aneinander, schöpften jede Minute aus, als hätten sie unendlich viel Versäumtes nachzuholen.

Alles war neu, schön, aufregend, sie waren verliebt, und hier durften das alle Leute ruhig wissen. Hier fragte niemand in vorbedachter Bosheit: ›Ist der junge Mann Ihr Sohn?‹ Manchmal in den Nächten, wenn sie nebeneinander ruhten, sagte Anna: »Spiel mir etwas vor, Herbert!«

Und dann geigte er eine Etüde von Chopin, die später immer in ihren Ohren klang, wenn sie an St. Tropez dachte.

Wie immer zögerte Herbert die Heimfahrt bis zum letztmöglichen Termin hinaus, so daß Anna Tag und Nacht fahren mußte, damit er rechtzeitig in Frankfurt war, wo ein seit Wochen festgesetzter Strafprozeß auf ihn wartete.

Je näher sie der Grenze kamen, desto müder wurde Herbert. »Ich fühle mich wie zerbrochen, kaputt. Ich bin krank, ich will schlafen.«

»Du bist nicht krank!« schalt Anna. »Wie gesund und übermütig warst du im Urlaub! Aber wenn Frankfurt und die Akten nur von weitem drohen, dann bist du auf einmal erschöpft.«

Er nahm ihre rechte Hand vom Steuer und legte sie auf seine Brust. »Fühl mal, wie mein Herz klopft!«

»Such einen Arzt in Frankfurt auf«, riet sie in plötzlicher Besorgnis. Sie küßte ihn schnell auf die Wange. »Ich liebe dich.«

Er lächelte und schloß die Augen.

Anna fuhr. Sie hörte seine regelmäßigen Atemzüge. Er schlief. In diesem Augenblick wußte sie, daß sie sich niemals trennen würden. Sie legte die Hände fester um das Steuerrad und blickte aufmerksam auf die nachtdunkle Straße.

Nachtrag

Es blieben ihnen noch vierzehn Jahre.

In dieser Zeit erreichte Anna alles, was sie sich gewünscht hatte.

Ihre Söhne waren glücklich verheiratet und erfolgreich im Beruf. Enkelkinder kamen.

Herbert setzte seine Frühpensionierung durch und zog zu Anna nach München in eine neue große Wohnung, fast so schön wie in Königsberg.

Sie bestand darauf, daß er eine Anwaltskanzlei eröffnete, weil seine Pension nicht reichte. Es schien ihr unter seiner und ihrer Würde zu sein, wenn sie den Hauptteil ihrer Ausgaben hätte tragen müssen.

Und er war dann auch stolz, als er die Zulassung von der Anwaltskammer erhielt und eigenhändig das Schild an die Tür schlug: Herbert Pauli – Rechtsanwalt.

Anna tippte als seine Sekretärin. Das machte ihr Spaß. Sie traten in einen Golfklub ein, nahmen das reiche kulturelle Angebot Münchens wahr, Herbert musizierte, Anna fing wieder an zu modellieren.

Sie reisten viel, vor allem nach Frankreich, Paris und an die geliebte Cote d'Azur.

Und dann kam ein Tag im März.

Es war ein herrlicher Vorfrühlingsmorgen und so warm, daß Berthold, der sich zum Frühstück eingestellt hatte, den Vorschlag machte, gemeinsam zum Golfplatz zu fahren.

Herbert war blaß und geistesabwesend.

»Hast du wieder Kopfschmerzen?« fragte Anna.

Er antwortete nicht, und Anna fürchtete, daß eine seiner Depressionen ihn einzuschließen drohte. Er hatte in den letzten Tagen – wenn auch verhalten – von Arbeitsüberlastung und Konzentrationsschwäche gesprochen.

»Schade!« sagte Anna ein wenig gereizt. »Dann wird es heute nichts mit dem Golf.« Sie wäre gern mit Berthold mitgefahren. Jedes Beisammensein mit ihren Söhnen war ihr kostbar. Und Herbert hätte die frische Luft bestimmt gut getan. Als Berthold sich verabschiedet hatte, sagte Herbert: »Ich muß zur Bank, in die Stadt. Fährst du mich, Engelsgesicht?«

»Nein«, antwortete sie gereizt. »Ich will die Regale im Büro einräumen.«

Er sah sie lange an, ging zur Tür, wandte sich noch einmal um, sah sie wieder an. »Ich rufe dich von der Stadt aus an...«

Anna wartete bis zum Mittag. Kein Anruf, kein Herbert! Ich hätte ihn fahren sollen! dachte sie. Warum habe ich ihm nicht den Gefallen getan? Ich fahre ihn doch immer. Nur weil ich lieber zum Golfplatz wollte... Ich werde ihm entgegengehen.

Sie lief zur Straßenbahn, wartete zwei, drei Bahnen ab, rannte zurück in die Wohnung, um Herberts eventuellen Telefonanruf nicht zu versäumen.

Kein Herbert, kein Anruf!

Wieder zur Straßenbahn, wieder zurück.

Angst preßte ihr das Herz zusammen. Das alles hatte sie doch schon einmal erlebt?

Ach, wenn Herbert kam, dann würde sie ihn in die Arme nehmen, nachsichtig sein, mehr auf ihn eingehen, zu ihm sagen: »Packen wir alles zusammen, mach deine Kanzlei zu. Laß uns für ein paar Monate in den Süden fahren, ans Meer...«

Herbert kam nicht.

Am Nachmittag läutete die Hausglocke.

Anna stürzte zur Tür und riß sie auf.

Ein junger Polizist stand vor ihr.

»Sind Sie Frau Ritter?« fragte er unbeholfen. »Wohnt bei Ihnen Rechtsanwalt Herbert Pauli?«

»Ja...«

»Ich bringe Ihnen eine schlechte Nachricht. Herr Pauli ist an einem Herzanfall gestorben. Er ist auf der Straße zusammengebrochen. Am Marienplatz. Er liegt in der Gerichtsmedizin, in der Pathologie. Dort können Sie ihn sehen. Tja, ich muß jetzt gehen...

Anna hatte ihm zugehört, ohne den Sinn seiner Worte richtig zu erfassen. Nun kam sie wieder zu sich. Sie hielt den Polizisten am Ärmel fest. »Das muß ein Irrtum sein... Bitte, lesen Sie noch einmal genau den Namen und die Anschrift. Da liegt bestimmt eine Verwechslung vor...«

Aber es war keine Verwechslung. Herbert war tot.

Sie rief ihre Söhne an. Sie kamen zu ihr, so schnell sie konnten. Sie waren sehr traurig.

»Ich habe Herbert viele Jahre lang gekannt«, schluchzte Anna.

»Einen Herbert findest du kein zweites Mal, Mutti«, sagte Berthold behutsam. »Er war ein sehr wertvoller Mensch.« Als er Annas Tränen sah, fügte er hinzu: »Herbert wollte bestimmt nicht, daß du weinst, Mutti.«

»Wo soll er denn begraben werden?« fragte Tobias.

»Hier bei uns, auf dem Friedhof von Obermenzing«, antwortete Berthold. »Hier bei uns, wo er hingehört.«

Als sie Herbert zur letzten Ruhe betteten, schien die Sonne von einem blauen Föhnhimmel. Schneeglöckchen standen in weißen Büschel auf dem graugrünen Rasen. Gelbe Osterglocken blühten schon und Krokusse in vielen Farben. Kirchenglocken läuteten.

Anna sah zu den Raben hinauf, die krächzend die Aussegnungskapelle umflogen. Von der Straße hörte sie die hellen Stimmen der Kinder, die zur Schule gingen. Sie lachten und stritten sich.

Das Leben ging weiter...

Es waren viele Trauergäste erschienen. Nach dem Zeremoniell sprachen sie Anna ihr Beileid aus. »Arme Anna! Das ist ein schwerer Schlag für dich...«

Anna sagte nichts, sie betrauerte Herbert, nicht sich selbst.

Tage später, als sie allein war, dachte sie über ihre Zukunft nach.

Wie sollte sie ohne Herbert leben? Was blieb ihr?

Es blieben ihr die Söhne, deren Familien, Enkelkinder. Es blieben Erinnerungen, Katharina, Glück mit Katharina, Leid um Katharina, die Erlebnisse mit Herbert, seine Liebe, auch sein Tod, das blieb. Das konnte ihr niemand nehmen. Erfahrungen, die weiter wirkten.

Sie würde arbeiten, aus ihren Begabungen etwas machen.

Sicher würde sie oft weinen und sich Vorwürfe machen, wenn sie an Katharina und an Herbert dachte. Aber dann würde sie das blaue Schulheft hervorholen, sich alles von der Seele schreiben und darüber ihren Kummer vergessen...

Aus einem Psalm:

›Die Liebe ist langmütig, gütig ist die Liebe,
läßt sich nicht erbittern...
Nicht eifert die Liebe, rechnet das Böse nicht vor...
Alles glaubt sie, alles hofft sie, alles deckt sie, alles duldet sie...‹